택시 소년

I AM A TAXI

바람청소년문고 1

택시 소년

초판 1쇄 2014년 2월 7일 │ **7쇄** 2019년 10월 25일
글쓴이 데보라 엘리스 │ **옮긴이** 윤정숙
펴낸이 최진 │ **편집** 곽미영 │ **디자인** 신용주 │ **홍보** 송수현 │ **관리** 최지은
등록 제406-2011-000013호 │ **전화** 031-955-5242(편집), 5243(영업) │ **팩스** 031-622-9413
주소 경기도 파주시 문발로 115, 405호

ISBN 978-89-97984-16-9 43840

• 이 책의 한국어판 저작권은 ChoiceMaker를 통해 Groundwood Books와 독점 계약한 천개의바람에 있습니다.
• 저작권법에 의해 한국 내에서 보호를 받는 저작물이므로 무단 전재와 무단 복제를 금합니다.
• 이 도서의 국립중앙도서관 출판시도서목록(CIP)은 서지정보유통지원시스템 홈페이지(http://seoji.nl.go.kr)와
  국가자료공동목록시스템(http://www.nl.go.kr/kolisnet)에서 이용하실 수 있습니다. (CIP 제어번호 : CIP 2014002929)

택시 소년

I AM A TAXI

데보라 엘리스 글

윤정숙 옮김

천개의바람

우리가 새장에 가둔 아이들에게

차례

가브리엘 천사

1999년 12월 31일

"헛수고야."

엄마가 말했다.

디에고는 작은 방 안을 둘러보았다. 옷가지와 담요들은 모두 차곡차곡 바닥에 쌓여 있었다. 작은 것 하나도 흘려서는 안 된다. 새로운 삶을 시작하려면 자잘한 물건들을 알뜰히 챙겨야 한다.

엄마가 털실 가닥을 잡아당기자, 세 살배기 여동생 코리나가 뭉치를 쫓아 침대 아래로 기어 들어갔다. 코리나가 잠깐 내려놓은 헝겊 인형이 문득 눈에 들어왔다. 디에고는 순식간에 헝겊 인형을 옷가지와 담요 더미로 밀어 넣었다.

하지만 디에고의 행동이 한발 늦었는지 코리나가 으앙 울음을 터뜨렸다. 코리나는 디에고가 기껏 쌓아 놓은 짐들을 헤집으며 인형을 찾았다.

"안 돼, 코리나. 그냥 거기 내버려 둬."

디에고가 코리나를 끌어내리려고 하자 코리나가 다시 울어 댔다.

"닥쳐!"

옆방의 심술궂은 죄수가 소리쳤다.

디에고가 코리나 팔을 놓았다. 코리나는 자기 마음대로 되자 입을 앙다물고는 얄미운 미소를 지었다.

"코리나에게 인형을 돌려줘."

엄마가 말했다.

"하지만 미리 짐을 싸 놓으면 빨리 나갈 수 있잖아요."

"인형을 돌려줘. 애써 뜨개질한 돈을 쓸데없이 날리고 싶진 않아."

엄마가 다시 말했다.

엄마는 뜨개질로 돈을 벌어서 방값을 내고 음식을 샀다. 하지만 코리나가 시끄럽게 울거나, 디에고가 말썽을 피우면 엄마는 징계 위원회에 나가야 한다. 그러면 벌금을 내거나 잡일을 더 해야 한다.

디에고는 벌금을 물어도 상관없다고 말하고 싶었다. 곧 그들은 감옥에서 나가 멀리 자신들의 집이 있는 곳으로 돌아갈 테니까.

거기서는 코리나가 코카나무 사이에서 목이 터져라 소리를 질러 대도 어느 누구도 뭐라고 하지 않을 것이다. 하지만 디에고는 입을 다물었다. 그리고 짐들 사이에서 인형을 빼냈다.

코리나는 디에고 손에서 인형을 낚아채더니 휙 돌아섰다.

'그래, 화내라, 화내. 대신 귀찮게만 굴지 마.'

디에고는 다시 방 안을 둘러보았다. 셋이 함께 잠을 자는 작은 침대가 방 안을 반 이상 채우고 있었다. 엄마는 폴레라 치마와 페티코트를 겹겹이 늘어놓고 침대에 앉아 있었다. 양쪽 어깨에는 길게 땋은 검은 머리가 부드럽게 늘어져 있었다. 엄마가 너무 차분해 보여서 디에고는 짜증이 났다.

"더 챙길 게 남았어요?"

"그럴 리가 있겠니?"

엄마가 뜨개바늘을 딸깍딸깍 움직였다. 엄마는 아침부터 저녁까지 뜨개질을 했다. 때로는 밥을 먹으면서도 했다.

"뜨개질감도 지금 싸 두면 이따 시간을 아낄 수 있잖아요."

디에고는 엄마가 자기 말을 듣지 않을 것을 알면서도 말했다. 역시 엄마는 대답 대신 한쪽 눈썹만 추켜올렸다. 뜨개바늘은 계속해서 딸깍였다.

디에고는 가만있기로 했다. 대신에 엄마가 이따 빨리 움직여 주기만을 바랐다. 코리나는 아무리 꽥꽥거리고 발버둥을 쳐도 가벼워서 옮길 수 있다.

디에고는 크고 색이 화려한 아구아요에 짐을 싸고는 네 귀퉁이를 묶었다.

'이 보따리와 코리나를 함께 옮길 수 있을까?'

디에고는 보따리를 어깨 위에 걸치고 몸을 숙여서 코리나를 안아 올렸다. 코리나가 발로 차고 손을 휘두르는 바람에 인형이 디에고 얼굴을 때렸다. 둘 다 옮길 수 있을 것 같았다. 디에고는 코리나를 내려놓았다.

"곧 이곳과 작별할 거예요."

오늘 이 방에 있기에 디에고는 힘이 넘쳐흘렀다. 밤에 아이들이 방 밖으로 나가는 것은 규칙 위반이었지만 오늘은 새해 전날 밤이라서 괜찮았다.

"조심해."

엄마가 말했다.

"걱정 마세요. 말썽 부리지 않을게요."

디에고는 머리를 방 안으로 들이밀고 말했다.

"엄마, 자면 안 돼요."

"알았어."

"약속해요?"

엄마가 디에고를 쳐다보면서 미소를 지었다.

"약속해. 하지만 헛수고야."

디에고는 얼른 뛰어나갔다. 엄마와 말싸움을 해 봤자 소용없었다. 괜히 꾸물거리다가 코리나가 따라나설지도 몰랐다. 자기가 오빠에게 삐친 것도 잊어버리고 말이다.

디에고는 산세바스티안 여자 감옥 이 층에 살았다. 볼리비아의 알티플라노(볼리비아를 가로지르는 고원)에서 체포된 여자들은 여기에 갇혔다. 감옥은 원래 이 층이었지만 여자와 아이들이 너무 많아서 건물의 위층과 뒤쪽에 더 많은 방들을 만들어야 했다. 덕분에 덜 시끄러웠지만 여름에 상쾌한 바람을 쐬기가 힘들었다.

디에고는 발코니 난간 너머로 몸을 내밀었다. 평소처럼 이쪽 발코니에서 저쪽 발코니까지 죽 빨래가 널려 있었다. 죄수들 중에는 감옥 밖 사람들의 빨래를 해 주고 돈을 버는 이들이 있었다. 디에고는 줄줄이 널린 옷과 이불들 사이를 살펴보았다. 아래쪽 마당이 북적거렸다. 교도관들은 죄수들이 휴일을 즐기도록 내버려 두었다. 어떤 교도관은 죄수가 파는 콩과 밥과 플랜틴(찌거나 볶거나 튀겨서 먹는 요리용 바나나)이 담긴 접시 위로 몸을 숙이고 있었다. 디에고는 교도관이 분명히 돈도 내지 않고 먹을 것이라고 생각했다. 교도관들은 평상시에 절대 돈을 내지 않았다.

몇몇 죄수들이 보따리를 들고 디에고 옆을 지나 계단으로 향했다. 디에고는 난간 너머로 몸을 더 숙여서 정문을 바라보았다. 새

해가 되려면 두 시간이 넘게 남았는데도 죄수들과 아이들이 이미 문 앞에 잔뜩 몰려 있었다.

디에고는 서둘러 방으로 돌아갔다.

"엄마, 어서요! 사람들이 정문에 모이고 있어요. 우리도 나가려면 자리를 잡아야 해요. 문은 5분 동안만 열리잖아요."

디에고는 급히 보따리를 집어 들고 코리나에게 다가갔다. 하지만 코리나는 허둥지둥 침대 아래로 들어갔다.

"디에고, 그만해. 문은 열리지 않아. 그런 일은 실제로 일어나지 않아. 설령 그런 일이 벌어진다 해도 우리 같은 사람들에게는 아니야."

엄마가 말했다.

"보통은 벌어지지 않겠죠. 하지만 오늘 밤은 달라요. 새로운 밀레니엄이 시작되잖아요. 사람들이 말했어요. 밤 12시에 가브리엘 천사가 모든 감옥 문을 5분 동안 열어 줄 거라고요. 아무리 힘센 교도관도 문을 닫을 수 없고……."

"그 문을 빠져나간 죄수들은 모두 자유의 몸이 된다."

엄마가 디에고 대신 말했다.

"하지만 그런 일은 벌어지지 않을 테니까 네가 실망하지 않았으면 좋겠다."

디에고는 엄마 앞에 무릎을 꿇더니 엄마 손을 감쌌다. 뜨개질하던 손이 멈췄다. 디에고가 물었다.

"사실이면 어떡해요? 가브리엘 천사가 정말로 코차밤바에 찾아와서 문을 열었는데 우리가 거기 없으면요?"

엄마는 디에고 속눈썹을 쓰다듬었다.

"같은 밤 같은 시간에 가브리엘 천사가 온 세상의 모든 감옥에 찾아갈 수 있겠니?"

"천사잖아요. 아니에요? 감옥 문도 못 열면 무슨 천사예요?"

엄마가 한참 동안 디에고를 바라보았다. 그러더니 말했다.

"코리나, 침대 밑에서 나와. 아래층에 가서 가브리엘 천사를 기다리자."

엄마는 일단 결심하자 재빨리 움직였다. 뜨개질감을 치우고 코리나를 침대 밑에서 끌어내더니 몇 분 만에 방을 나섰다.

엄마가 코리나를 안고 앞장섰다. 디에고는 보따리를 들고 뒤를 따랐다. 디에고는 잠시 걸음을 멈추고 5년 가까이 살았던 방을 마지막으로 들여다보았다. 방은 작고 어두웠다. 나지막한 천장에 매달린 알전구가 유일한 불빛이었다. 그것도 전기가 들어올 때만. 다섯 걸음이면 방의 이쪽 끝에서 저쪽 끝까지 갈 수 있었다. 디에고는 꾸준히 자랐지만 방은 그대로였다. 이 방이 그립지는 않을 것이다. 뭐, 그리워할 것도 없었다.

디에고는 서둘러 엄마를 따라 심술궂은 죄수 방을 지나고 하루 종일 우는 죄수 방을 지나 좁고 어두운 계단을 내려가 마당으로 나섰다.

산체스 부인이 어서 오라며 손짓했다. 산체스 부인은 전통 의상이 아니라 청바지를 입고 있었다. 엄마와 디에고가 감옥에 들어왔을 때, 유일하게 친절하게 대해 준 사람이었다. 산체스 부인은 남편을 죽이고 감옥에 들어왔지만, 그래도 디에고는 산체스 부인이 좋았다.

"자리를 맡아 놨어."

산체스 부인은 자기 뒤에 있는 짐을 치워서 디에고 가족이 앉을 수 있게 했다. 마당에는 금세 죄수들이 들어찼다. 디에고 앞에는 열 가족이 있었다. 뒤쪽은 제대로 보이지 않아서 정확히 세지 못했다. 뒤에 있는 죄수들은 걱정스럽지 않았다. 엄마와 코리나를 빠르게 밀어제치고 앞으로 나가지만 않는다면 말이다.

디에고가 말했다.

"서로 꼭 붙어 있어야 해요. 엄마가 코리나랑 먼저 가요. 내가 짐을 들고 바로 따라갈게요."

여동생을 앞에서 잡아끌기보다는 뒤에서 미는 것이 더 나을 것 같았다. 나중에 심술을 부리면 다른 사람이 밀었다고 둘러댈 수도 있었다.

"아빠가 분수대로 올 거예요. 아빠도 짐을 싸서 지금쯤 줄을 서 있어야 할 텐데…….”

“아빠는 걱정 마. 오늘 밤 감옥을 벗어날 길이 있다면 아빠도 알 테니까.”

엄마가 말했다.

“그다음에는? 만나서 뭐 할 거지?”

산체스 부인이 물었다.

“우리 농장으로 돌아갈 거예요.”

디에고가 말했다. 사실 그들의 농장이 아니라는 것은 디에고도 알고 있었다. 디에고 가족은 그저 거기서 일을 하는 일꾼이었지만, 그래도 왠지 자기네 농장 같았다.

“아빠가 그러는데 오랫동안 내버려 두어서 수리를 해야 할 거래요. 나도 아빠를 도울 거예요. 엄마는 잡초를 뽑고 콩과 토마토를 심고, 코리나는…….”

코리나는 무엇을 해야 할지 떠오르지 않았다. 코리나는 농장을 한 번도 보지 못했다.

“코리나는 더 이상 나를 약 올리지 않겠죠.”

디에고가 생각난 듯 말했다.

“줄 똑바로 서. 지나다닐 수는 있어야지. 말썽이 생기면 안 돼.”

로페즈 교도관이 고함을 질렀다. 반듯하게 다림질한 초록색 제복이 죄수들의 구겨진 옷과 비교되었다.

"로페즈 교도관님, 오늘 밤에 우리를 막을 거예요?"

디에고가 물었다.

"아니, 디에고. 막지 않을 거야. 하지만 전혀 마음에는 안 들어. 우리 일은 죄수들을 감옥 안에 가두는 거야. 나가게 내버려 두는 게 아니라고. 하지만 라파스의 교도국에서 가브리엘 천사를 방해하지 말라는 지시가 내려왔어."

로페즈 교도관이 대답했다.

"들었어요, 엄마? 정부도 우리가 오늘 밤에 나가는 걸로 알잖아요."

"정부는 전에도 틀렸는걸."

엄마가 부드럽게 말했다.

"착한 아들을 뒀네. 항상 예의가 발라. 몇 살이지? 아홉 살?"

로페즈 교도관이 물었다.

"열두 살이에요."

엄마가 말했다.

"좀 있으면 열세 살이에요."

디에고가 말했다.

"감옥의 아이들은 모두 제 또래보다 작더군."

그러더니 로페즈 교도관이 모두를 향해 소리를 질렀다.

"12시가 되면 질서를 지켜. 미는 사람은 줄에서 끌어낼 거야. 그러면 자유의 기회도 잃겠지."

엄마는 뜨개질감을 꺼내더니 차분히 기다렸다. 코리나는 엄마 무릎에 앉아 인형 발을 빨았다. 디에고는 속이 메슥거렸지만 어쨌든 여동생은 조용했다.

감옥의 죄수들이 모두 줄을 선 것은 아니었다. 어떤 죄수들은 마당의 작은 가게와 식당의 문을 열었다. 양파 튀기는 냄새가 났다. 디에고가 종종 심부름을 해 주던 죄수가 코카 잎이 담긴 자루 옆에 앉아서 손님을 기다렸다. 다른 죄수들은 발코니에 기대어 아래의 광경을 내려다보았다.

"저기 오네! 천사 좀 봐!"

누군가가 조롱했다.

"밖에 나가면 좋을 것 같아?"

또 다른 죄수가 소리쳤다.

디에고는 그들을 쳐다보다가 문득 무언가를 깨달았다.

"엄마, 우리가 처음 여기 왔을 때 바로 이 자리에서 잠을 잤잖아요!"

4년 전, 코리나는 아직 태어나지 않았고 디에고는 겨우 여덟 살이었다. 처음 일 년 동안은 엄마가 방을 빌릴 돈이 없어서 마당에 자리를 깔고 잤다.

디에고는 눈을 감았다. 아직도 산에서 불어오는 시원하고 부드러운 바람이 느껴졌다. 농장의 초록빛은 아주 깊어서 맛도 느낄 수 있을 것 같았다. 디에고는 검고 기름진 흙 속에 손가락을 쑤셔 넣으며 부모님과 함께 작은 텃밭을 가꾸었다. 달걀도 거둬들였다. 언덕에서 디에고 가족이 사는 작은 돌집까지는 코카나무가 서 있었다. 식량이 떨어져 가면 작은 초록색 코카 잎을 씹었다. 코카 잎을 팔아서 옷을 사고, 교과서도 샀다.

하지만 좋은 기억은 모두 나쁜 기억에게 밀려났다. 모든 것이 뒤바뀐 그날의 기억으로부터.

디에고와 엄마, 아빠는 아라니의 토요 장터에서 채소와 말린 코카 잎을 팔기 위해 다른 농부들과 함께 조그만 버스 트루프티를 타고 있었다. 맞은편에 앉은 남자의 가방이 계속 꿈틀거렸다. 남자는 디에고에게 가방 안의 기니피그를 보여 주었다. 디에고는 부드러운 털을 쓰다듬느라 경찰이 버스를 세운 것도 몰랐다. 어느새 디에고는 경찰에게 팔을 붙들린 채 버스 밖으로 끌려 나갔다.

사람들과 채소가 사방에 흩어졌다. 닭장이 탕 소리를 내며 열리자, 닭들이 날개를 퍼덕이며 뛰쳐나왔다. 코카 자루들은 찢어발겨져 잎들이 초록 눈송이처럼 날렸다. 길고 끔찍한 순간에 디에고는 부모님을 찾을 수가 없었다. 잠시 뒤, 아빠가 디에고를 찾았고 다시 모든 것이 괜찮아졌다.

하지만 그것도 오래가지 않았다. 디에고 가족이 앉았던 의자 밑에 코카 반죽이 테이프로 붙여져 있었던 것이다. 디에고 가족의 것이 아니었지만, 디에고 가족은 체포되었다. 엄마는 코차밤바에 있는 산세바스티안 여자 감옥에 보내졌다. 아빠는 광장 건너편의 남자 감옥에 갇혔다.

"10분 남았다!"

누군가가 소리쳤다. 디에고는 눈을 떴다. 모두 일어섰다.

"엄마, 얼른 뜨개질감을 치워요!"

디에고가 보따리를 들고는 앞으로 나아가려고 했다.

"밀지 마!"

교도관들이 소리쳤다. 디에고는 엄마 손을 잡고 일으켜 주었다. 잠든 코리나는 엄마 팔에 묵직하게 안겨 있었다.

죄수들이 묵주 기도를 시작했다. 다른 죄수들은 '아베마리아' 노래를 불렀다.

"30초 남았다!"

다시 누군가가 소리쳤다.

죄수들이 앞으로 움직였다.

"20초!"

"잘 있어라, 감옥아!"

"10, 9, 8, 7!"

디에고도 함께 카운트다운을 외쳤다.

"3! 2! 1!"

죄수들이 앞으로 밀려들었다. 하지만 아주 조금밖에 밀리지 않았다. 감옥 문은 열리지 않았다.

"시계가 잘못됐나 봐."

누군가가 말했다. 교도관들이 웃었다. 한 교도관이 초소에서 라디오를 켜더니 소리를 키웠다.

온 볼리비아가 새해를 축하하고 있었다.

"2000년을 환영합니다! 새해 복 많이 받으세요!"

라디오에서 아나운서가 소리쳤다.

하지만 끝내 감옥 문은 열리지 않았다.

"가브리엘 천사가 그냥 지나갔나 봐. 파티는 끝났어. 어서 방으로 돌아가."

교도관들이 죄수들을 마당 밖으로 몰아냈다.

"괜찮니?"

엄마가 디에고에게 조용히 물었다.

디에고가 두 눈을 닦으며 말했다.

"아빠는 아마 감옥을 나와 공원에 있을 거예요. 분수대에서 우리를 기다릴 텐데. 가브리엘 천사는 코차밤바에 산세바스티안 감옥이 두 개인 걸 몰랐나 봐요."

"그러면 아빠를 축하해 줘야지. 그리고 우리는 침대로 가고."

죄수들과 아이들이 짐을 챙겨 작은 계단을 모두 올라가기까지 시간이 조금 걸렸다. 디에고는 죄수들이 우는 소리를 들었다. 그냥 정신이 멍했다.

"짐은 내일 풀자. 우선 잠이나 자자."

엄마가 말했다.

셋은 좁은 침대로 올라갔다. 코리나를 벽 쪽에 눕혔다. 엄마가 모르는 사이에 침대 밑으로 떨어질지도 모르기 때문이다. 엄마가 가운데, 디에고는 바깥쪽에 누웠다.

감옥은 한참 뒤에야 조용해졌다. 죄수들은 울었고 몇몇은 교도관들과 싸웠다. 그날 밤은 온통 흐느낌과 비명과 분노가 가득했다.

디에고는 잠이 들었다가 몇 시간 뒤에 깼다. 엄마는 아주 조용히 울며 기도했다.

"성모 마리아님, 우리는 이제 어떻게 살아가죠?"

디에고가 꼼짝하지 않았기 때문에 엄마는 디에고가 기도를 듣고 있다는 것을 알지 못했다.

택시

"택시!"

디에고는 귀가 제대로 들었는지 확인하지도 않고 방 밖으로 나갔다. 무조건 빨리 움직여야 했다. 계단에서는 달릴 수가 없었다. 징계 위원회가 엄마에게 벌금을 매길 테니까. 디에고는 달리는 대신 빠르게 걸었다. 맨 아래층에 도착해서야 달릴 수 있었다. 디에고는 비스킷을 파는 죄수를 지나고, 밥을 먹는 플라스틱 테이블을 빙 둘러 갔다.

"택시!"

다시 목소리가 들렸다.

디에고는 얼른 모랄레스 부인 앞에 섰다. 다른 두 소년도 거의 동시에 달려왔다. 하지만 디에고가 더 빨랐다.

"디에고, 네가 먼저 왔으니까 네가 일을 하렴. 이걸 우체국으로 가져가. 캐나다에 사는 오빠에게 보내는 거야. 영수증은 챙겨 오고. 1볼리비아노를 주마."

모랄레스 부인이 편지를 건넸다.

"우체국은 아주 멀어요."

디에고가 말했다. 정해진 요금은 없었다. 하지만 디에고는 택시로 몇 년간 일하면서 어떤 일에는 얼마를 받아야 하는지를 잘 알았다.

"그러면 2볼리비아노. 대신 영수증을 꼭 가져와. 안 그러면 한 푼도 안 줄 거야. 네가 편지를 버리고 우푯값으로 사탕을 사 먹지 않았다는 걸 내가 어떻게 알겠어?"

모랄레스 부인이 말했다. 모랄레스 부인은 15볼리비아노를 건네고는 손을 흔들었다.

디에고는 조금 기분이 나빴다. 자신은 한심하게 돈을 낭비하는 아이가 아니었다. 이제 거의 어른이었고 먹여 살릴 가족도 있었다. 지금쯤이면 모랄레스 부인도 디에고가 믿을 만한 아이라는 것을 알아야 하는데……

감옥같이 작은 세계에서는 소문이 빨리 돌았다.

"밖에 나가는 거니? 나 대신 성당에 촛불을 켜 주겠니?"

상냥한 알바레스 노부인이 물었다. 노부인은 집에서 하숙하던 사람이 헛간에 코카 반죽을 숨겨 두는 바람에 체포되었다.

"물론이죠, 알바레스 부인."

디에고는 촛값으로 동전 50센타보(1볼리비아노는 100센타보)를 받았다. 알바레스 노부인은 거의 매일 촛불을 켜 달라고 부탁했다. 디에고는 알바레스 노부인에게 심부름값은 받지 않았다. 가끔 공짜로 심부름을 해 주는 것은 좋은 일이지만 알바레스 노부인에게 돈을 아끼라고 말해 주고 싶었다. 그렇게 촛불을 밝혔는데도 알바레스 부인은 여전히 감옥에 있으니 말이다.

디에고는 돈과 편지를 비밀 주머니에 챙겨 넣었다. 엄마가 주머니를 아주 깊게 만들어 준 덕분에 물건을 흘리지도, 거리에서 도둑을 맞지도 않았다. 15볼리비아노는 큰돈이었다. 그 돈이면 이틀 치 빵과 과일을 살 수 있었다. 하지만 디에고는 돈을 슬쩍해야겠다는 유혹을 느끼지 않았다. 단 한순간도.

디에고가 그 돈에 손을 대면 엄마가 모랄레스 부인에게 돈을 물어 주어야 할 테고, 더 이상은 택시로 일하지 못할 것이다. 반나절 부자였다가 영원히 가난해지는 것이다.

디에고는 밖으로 나가기 위해 첫 번째 문으로 다가갔다. 새해 전야에 천사 가브리엘이 열어 주지 못했던 두 개의 문 가운데 하나였다. 교도관은 거기서 몇 년째 일했기 때문에 디에고가 나가도 아는 척하지 않았다. 바깥으로 나가려면 문을 하나 더 통과해야 하고 그 문으로 가려면 작은 현관을 지나야 했다. 현관에는 책상이 놓여 있고 교도관 한 명이 앉아 있었다.

새내기 교도관이었다.

"넌 누구니?"

교도관은 미소도 짓지 않았다.

'당신은 누군데요?'

디에고도 묻고 싶었다. 하지만 디에고는 교도관들이 항상 옳다는 것을 이미 오래전에 배웠다. 교도관들이 옳지 않을 때조차도 옳다는 것을.

"디에고예요. 엄마는 드리나 후아레스고요."

교도관이 재소자 명단에서 엄마의 이름을 찾는 동안 기다렸다. 시간이 오래 걸렸다. 새내기 교도관이 어디서 찾아야 하는지 헤맸기 때문이다.

마침내 교도관이 엄마의 이름을 찾았다.

"뭘 원하는데?"

"난 택시예요."

디에고가 말했다.

"택시를 잡아 달라고? 그건 내 일이 아닌데?"

"아뇨, 나는 택시라고요."

디에고는 돈을 흘리지 않도록 조심하면서 주머니 깊숙이 들어 있는 편지를 꺼냈다.

"모랄레스 부인의 심부름을 해야 하거든요."

교도관이 편지를 받더니 불빛에 비춰 보고 꽉 쥐어 보았다. 손아귀에서 편지가 쭈글쭈글해졌다.

"모르겠는데."

교도관이 말했다.

"그냥 편지예요. 내가 항상 하는 일인 걸요."

디에고가 불쑥 말했다. 하지만 디에고는 그 말 때문에 얼마나 귀찮은 일이 생길지 미처 몰랐다.

교도관은 찡그린 얼굴로 편지를 움켜쥐고 안쪽 문으로 가더니 다른 교도관을 불렀다.

"이 애가 편지를 부친다는데요."

불려 나온 교도관은 감옥에 디에고만큼 오래 있었다. 눈썹 하나 찡긋하지 않고 디에고를 여러 번 내보내 주었다. 그래도 교도관들 끼리는 뭉쳐야 했다. 디에고는 누구에게 편지를 받았는지, 그 편지를 어떻게 할 것인지 등을 질문 받았다. 마침내 교도관들은 대단한 은혜라도 베푸는 것처럼 편지를 돌려주고 마지막 문을 열어 주었다.

"난 죄수가 아니에요. 이래라저래라 하지 말라고요."

무사히 밖으로 나온 디에고가 중얼거렸다.

일주일 만에 감옥 밖으로 나오니 마음이 편했다. 물 때문에 시위가 벌어지면서 코차밤바 곳곳에 캄페시노(농부)들이 몰려와 거리를 장악해 버렸다.

학교를 포함해 도시 전체가 폐쇄되었다. 감옥도 안전을 이유로 폐쇄되었다. 많은 교도관들이 출근하지 못한 탓도 있었다. 디에고는 감옥 밖의 들뜬 분위기가 그리웠다. 다시 밖에 나오니 기분이 좋았다.

거리의 바리케이드를 치우는 동안 여전히 학교 문은 닫혀 있었다. 덕분에 디에고는 하루 종일 자유로웠다.

디에고는 재빨리 주위를 둘러보았다. 하지만 광장 한가운데 있는 공원에 꽃이 핀 것도, 아침 햇살에 분수가 반짝이는 것도 보지 못했다. 친구와 적을 찾느라 정신이 없기 때문이었다.

디에고는 몇 걸음도 떼지 못하고 나이 많은 한 무리의 소년들에게 에워싸였다. 소년들은 하릴없이 도시를 서성거리다가 디에고처럼 열심히 일하는 아이들을 괴롭혔다. 디에고는 소년들을 알아보았다. 대개 퀸타닐라 광장 주위의 게임방에서 시간을 보내는 아이들이었다. 전에도 디에고를 괴롭힌 적이 있었다. 소년들은 따분해할 뿐, 위험하지는 않았다. 디에고는 소년들이 다른 먹잇감을 찾기를 바랐다.

"손에 뭐냐? 같이 보자."

한 소년이 디에고 손에서 편지를 낚아챘다. 그리고 편지를 거꾸로 들고 읽는 척했다. 디에고가 편지로 손을 뻗었지만 패거리는 서로 편지를 주고받았다. 너무 높고 빠르게 편지를 주고받는 바람에 디에고는 편지를 빼앗을 수 없었다. 디에고는 새내기 교도관을 탓했다. 오래 기다리게 하지만 않았다면 잊지 않고 다시 편지를 주머니에 넣었을 것이다. 다행히 돈은 무사했다.

"편지 내놔!"

디에고는 소용없다는 것을 알면서도 소리를 질렀다. 그런데 갑자기 가장 큰 소년이 앞으로 밀렸다. 또 다른 소년도 앞으로 밀렸다. 빼앗긴 편지가 나풀거리며 디에고에게 내려왔다. 디에고는 편지를 움켜잡고 달리기 시작했다.

"내가 또 구해 줬다!"

디에고의 가장 친한 친구인 만도였다. 둘은 달리는 자동차들 사이를 요리조리 빠져나갔다.

"내가 만 번 살려 줬다."

"만 번은 아냐. 8000번쯤이지."

디에고가 뒤를 돌아보며 소리쳤다. 소년들은 너무 게을렀기 때문에 확실한 것을 쫓거나 경찰에게 쫓기지 않는 한 달리지 않았다.

"나도 너를 몇 천 번 구해 줬잖아. 그러니까 만 번은 안 돼."

만도의 원래 이름은 아르만도이다. 마르고 뻣뻣하고 디에고보다 머리 하나는 컸다. 디에고는 만도가 가만히 있는 모습을 한 번도 보지 못했다. 만도 몸은 항상 모든 부위가 움직이는 것 같았다.

만도의 엄마는 죽었다. 그래서 아빠와 남자 감옥에 살았다. 디에고의 부모와는 달리 만도의 아빠는 엄마의 병원비 때문에 진 빚을 갚기 위해 정말로 코카 반죽을 운반했다.

"이거 봤어?"

만도가 길을 걸어가면서 춤을 추듯 몸을 좌우로 흔들었다.

"들어갔다 빠졌다, 빠르게 들어갔다 재빨리 빠지는 거야. 권투 선수들이 이렇게 하지."

"이제는 권투 선수야? 카레이서가 될 줄 알았는데?"

디에고가 물었다.

"카레이서가 되려면 돈이 있어야 하잖아. 난 우선 유명한 권투 선수가 될 거야. 그러면 사람들이 경주에 나가라고 자동차를 사 주겠지. 차가 박살 나도 상관없을 거야. 내가 자기들이 사 준 차를 박살 내면 영광스러워 할 테니까."

"난 우체국에 가는데 넌 어디 가?"

"시장. 요리사가 토마토를 사다 달래. 그다음에는 샌들을 몇 켤레 배달해야 하고. 이따 축구 경기 보러 올래?"

"일이 얼마나 들어오는지 보고."

"좋아, 거물. 넌 금세 선팅을 한 크고 멋진 자동차를 타고 심부름을 다니게 될 거야."

"그런 차를 타게 되면 네게 심부름을 맡길게. 하지만 열심히 하지 않으면 돈을 주지 않을 거야."

만도는 대답을 하는 대신 디에고를 분수에 내동댕이치려고 했다. 이번에는 디에고가 만도를 분수에 내동댕이치려고 했다. 하지만 두 소년은 택시 일을 하는 중이었기 때문에 이내 장난을 멈추었다.

사실 우체국은 그리 멀지 않았다. 하지만 모랄레스 부인은 포토시에서 와서 코차밤바에 대해 전혀 몰랐다. 게다가 친척들이 돈도 보내 주었다. 때문에 모랄레스 부인은 디에고에게 1볼리비아노쯤 더 주어도 괜찮다.

디에고는 가벼운 마음으로 슬슬 걸음을 빨리하더니 그대로 광장을 달리기 시작했다. 모퉁이를 지나쳤다.

모퉁이에는 남자 감옥의 목공소에서 만든 의자, 침대 뼈대, 개집 등이 쌓여 있었다. 디에고는 늙은 아이마라(볼리비아의 안데스 지역에 사는 원주민) 여인을 지나쳤다. 여인은 좌판에 숯으로 불을 지피고 살테냐(고기, 감자, 채소 등을 넣어 구워 만든 간식)를 팔았다. 공원에 사는 개들도 지나쳤다. 개들은 햇볕을 쬐며 조느라 디에고가 지나가도 고개도 들지 않았다.

거리는 평소보다 붐볐다. 많은 캄페시노들이 시위가 끝나고 마을로 돌아갔지만 여전히 도시에 남아 승리를 축하하는 캄페시노들이 있었다. 농사를 짓는 캄페시노들이 코차밤바의 물을 차지하려는 큰 기업들을 이긴 것이다.

"이봐, 친구. 이리 오렴. 볼리비아의 물은 볼리비아인의 갈증을 달래 주어야지!"

노인이 치차(옥수수 같은 곡물로 만든 알코올음료) 잔을 들어 올리면서 디에고를 큰 소리로 불렀다.

"그건 물이 아니잖아요."

디에고가 활짝 웃으면서 말했다.

"아니지. 하지만 이것도 볼리비아인의 갈증을 달래 주지!"

디에고는 손을 흔들고 계속 걸음을 옮겼다. 노인 옆에 앉아 시위에 대해 들으면 좋겠지만 우선 할 일이 있었다.

디에고는 거리에서 가장 사람이 적은 곳으로 갔다. 아야쿠초 거리로 들어선 다음 영화 '베트맨'이 상영 중인 극장을 지나갔다. 그리고 네 블록 만에 우체국에 도착했다.

"영수증요."

디에고가 우체국 직원에게 말했다.

"'부탁해요.'라고 말해야지."

"부탁해요."

디에고가 활짝 웃으면서 말했다. 우체국 직원도 활짝 웃으면서 영수증을 건넸다. 디에고는 영수증을 조심스럽게 주머니 깊숙이 넣었다.

택시는 항상 위험과 기회를 잘 살펴야 한다. 세상은 몇 볼리비아노를 벌 수 있는 기회로 가득했다. 또한 그 볼리비아노를 빼앗고 싶어 하는 사람들도 가득했다. 디에고는 두 눈을 똑바로 뜨고 알바레스 부인의 초를 켜기 위해 성당으로 향했다.

성당은 몇 블록 떨어진 9월 14일 광장에 있었다. 광장은 아주 장엄했다. 광장 주위에는 포장된 도로들이 뻗어 있고 광장 안에는 산세바스티안 광장보다 더 크고 잘 다듬어진 정원이 있었다.

연주자들이 성당 앞에서 기다란 상카(길이가 다른 대나무를 묶은 악기)를 불고 봄보(볼리비아의 북)를 두드리며 또 다른 축하 행사를 시작하고 있었다. 디에고가 성당으로 들어서는 동안 여자의 연설이 드문드문 들려왔다.

"오늘 우리는 물 고지서를 태울 것입니다. 볼리비아의 물은 볼리비아인의 것입니다!"

가운데 재단에서는 미사가 끝나 가고 있었다. 디에고는 옆쪽에 있는 성 베드로의 재단에 알바레스 부인을 위한 촛불을 밝혔다. 그리고 창살문 뒤쪽에서 수녀들이 사람들과 조용히 이야기하는 모습을 보았다. 디에고는 성당이 좋았다. 성당은 조용하고 깨끗했다.

오늘은 택시가 필요한 죄수들이 많았다. 디에고는 모랄레스 부인에게 영수증을 전한 다음 작은 식당을 하는 죄수에게 토마토와 양파를 사다 주었다. 그러고는 약국에서 약을 찾아다 주기 위해 다시 밖으로 나갔다. 다시 감옥으로 돌아오자 엄마가 털실을 구해 오라고 했다.

"헌것으로 사 와. 헌것이 없으면 새것으로 사 오고. 새것은 길 아래쪽 가게 말고 코카 시장 옆 좌판에서 사 오렴."

디에고도 이미 알고 있었다. 실을 사는 일은 아주 자주 해 오는 일이었다. 디에고가 밖으로 나오려는데 코카 잎을 파는 죄수가 코카 잎을 구해 오라고 부탁했다.

"네가 지난번에 사 온 코카 잎이 좋았어. 그 여자한테서 코카 잎을 사 와."

디에고 주머니에 돈이 더 들어왔다. 디에고는 돈이 얼마나 들어 있는지 머릿속으로 계산해 보았다. 털실이나 코카 잎을 사 오는 일을 제외하고도 벌써 끝낸 일들로 돈을 많이 벌었다. 공책을 들고 다니면서 적을 필요는 없었다. 이미 디에고 머릿속의 공책에 모두 잘 적어 두었으니까.

디에고는 먼저 헌옷 시장에 갔다. 운이 좋게도 낡은 스웨터를 두 벌 찾아냈다. 스웨터는 찢어지고 더러웠지만 찾던 실로 짜여 있었다. 하나는 노란색이고, 하나는 연초록색이었다. 엄마는 스웨터를 빨고 실을 풀어서 새로운 뭔가를 짤 것이다.

코카 시장 상인들은 커다란 자루에 담긴 말린 코카 잎을 봉지에 담아 팔았다. 디에고는 기억이 잘 나지는 않지만 땅을 일구고 코카나무 가지를 쳐 주는 일에 대해 상인들과 이야기 나누는 것이 좋았다. 디에고는 단순히 감옥 소년이 아니었다. 코카렐로(코카를 재배하는 농부)였다.

디에고는 어느 마을에서 왔는지, 얼마나 비가 내리는지를 물으면서 사람들 곁을 지나갔다. 여자들은 양모 숄을 두르고 볼러햇(꼭대기가 둥글고 높은 서양 모자)을 쓰고, 남자들은 뺨이 터지도록 코카 잎을 입에 넣고 있었다. 디에고는 시장 안쪽에서 여자 상인을 찾았다.

"여기 코카 잎이 좋대요. 산세바스티안의 여자들이 아주 좋아했어요."

디에고가 케추아어로 말했다. 늙은 여인은 작은 초록 잎사귀가 담긴 자루들에 에워싸여 있었다. 디에고는 코카 잎을 얼마나 살지를 이야기했다.

여자 상인은 코카 잎을 담는 대신 디에고를 노련한 눈빛으로 바라보았다.

"넌 정직하니?"

"나는 택시예요. 난 훌륭한 사업가죠. 정직해야 사업을 제대로 하죠."

디에고가 자신 있게 말했다.

"그러면 맡길 일이 있는데."

여자 상인은 디에고에게 코카 잎이 들어 있는 꾸러미를 주었다.

"이걸 미국 영사관에 갖다 줘. 거기 사람들은 시위 때문에 밖으로 나오지 못하거든. 내가 알기로 곧 영사관의 코카 잎이 떨어져서 차를 끓이지 못할 거야. 영사관 사람들은 값을 후하게 쳐 주거든. 이렇게 해야 그들을 계속 손님으로 잡아 두지."

여자 상인은 쪽지에 주소를 적었다.

"거기까지 어떻게 가는지는 알지?"

"대학과 같은 길에 있잖아요. 돈은 지금 주지 마세요. 제가 돈을 받아 오면 그때 주세요."

디에고가 말했다.

"잘됐구나. 미국 여자들에게 네가 얼마나 귀여운지 보여 주렴. 팁을 많이 줄 거야. 네가 돌아올 때까지 짐은 보관해 주마."

디에고는 스웨터를 건네고 재빨리 출발했다. 마술 시장을 통과하는 길이 가장 빨랐다. 마술 시장에는 야티리(아이마라 원주민)들이 약초를 팔고 행운의 부적을 써 주고 점을 봐 주었다. 디에고는 야티리들의 좌판을 이리저리 피해 마침내 밖으로 나왔다. 빵 장수들이 자동차와 미니버스들 사이를 돌아다니고 있었다.

미국 영사관은 새 건물의 높은 층에 있었다. 디에고는 번쩍거리는 깨끗한 입구로 들어서면서 자기 옷이 지저분하다고 느꼈다. 셔츠에 묻은 시커먼 얼룩 때문에 쫓겨나는 건 아닌지 슬쩍 걱정이 되었다. 엘리베이터가 있었지만 타도 되는지 자신이 없었다. 그래서 몇 층인지를 확인하고 그냥 계단으로 올라갔다. 계단은 깨끗하고 환하고 넓었다.

영사관이 있는 층에 도착하자 계단에서 벗어났다. 복도 끝의 이중 유리문 앞에 두 명의 경비병이 총을 들고 있었다.

디에고는 유리문 너머로 미국 국기를 보고는 제대로 찾아온 것을 알았다.

"배달 왔어요."

디에고가 말했지만 경비병들은 대답하지 않았다. 안으로 들어가려고 했지만 문이 열리지 않았다. 어디선가 디에고에게 영어로 말하는 목소리가 들려왔다. 디에고가 미처 대답을 생각도 하기 전에 목소리가 다시 들려왔다.

"코카 잎을 가져왔어요."

디에고는 유리문으로 보이도록 꾸러미를 들어 올리면서 스페인어로 말했다.

첫 번째 문이 소리를 내며 열렸다. 키가 아주 큰 남자 두 명이 제

복 차림으로 기다리고 있었다. 남자 둘은 디에고에게 꾸러미를 무빙벨트에 올려놓으라고 손짓했다. 그들이 얼굴을 찡그리고 있는 동안 꾸러미가 기계를 통과했다. 디에고는 기계 옆의 출입구를 지나야 했다. 출입구는 어디로도 이어지지 않았다. 마침내 디에고는 꾸러미를 돌려받고 두 번째 문을 지나 영사관 안으로 들어갔다.

금발의 여자가 디에고를 맞았다. 여자는 깔끔하게 다림질한 하늘색 옷을 입고 있었다. 디에고가 여자에게 코카 잎을 건넸다.

"코카 상인이 여기 코카 잎이 다 떨어졌을 거라면서 가져다주라고 했어요."

디에고는 스페인어로 말했다. 이 코카 잎이 선물이 아니라 파는 물건임을 여자가 이해하기를 바랐다.

"나한테도 너만 한 아들이 있는데."

여자가 친절하게 미소 지으면서 말했다. 여자의 손톱은 분홍색으로 반짝였다. 디에고는 고된 노동으로 갈라지고 닳아빠진 엄마의 손톱을 생각했다.

미국 여자는 코캇값을 주면서 디에고에게 심부름값도 주었다. 디에고는 영사관을 나왔다.

유리문에는 미국 여러 도시의 포스터가 붙어 있었다. 푸른 강물 위에 기다란 다리가 놓인 샌프란시스코, 빌딩이 빽빽이 들어선 뉴욕, 끝없이 펼쳐진 바닷가. 디에고는 자신이 바라보고 있는 이 도시들에도 감옥이 있을까, 하고 잠깐 생각했다. 그리고 다시 서둘러 길을 걷기 시작했다. 디에고는 택시이고, 택시는 계속 움직여야 한다.

아빠의 감옥

 디에고는 시장으로 돌아왔다. 코카 상인이 디에고를 반겼다. 그리고 디에고가 받은 돈은 디에고의 몫이라면서 따로 심부름값을 주었다. 디에고는 코카 잎과 레히아(코카 잎과 함께 씹는 토마토나 퀴노아 재 뭉치)를 샀다. 분필 반죽 같은 레히아를 코카 잎과 함께 씹으면 즙이 잘 나왔다. 한 덩이는 단맛이고 또 한 덩이는 짠맛이었다. 디에고는 값을 적은 쪽지를 달라고 했다. 정직성을 의심받고 싶지 않기 때문이었다. 속임수는 아주 나쁜 일이었다.

 디에고는 코카 잎과 스웨터를 들고 집으로 향했다. 음식 장수들은 석탄을 더 집어넣어 그릴을 뜨겁게 달군 다음 저녁에 팔 음식을 요리했다. 석쇠에서 안티쿠초(고기와 토마토 꼬치)가 구워지고, 옥수수 익어 가는 냄새가 주위에 가득했다. 문득 디에고는 하루 종일 굶었다는 것을 깨달았다.

디에고는 주머니의 볼리비아노를 만지작거렸다. 엄마는 디에고가 돈을 벌어서 음식을 사 먹는 것을 뭐라고 하지 않았다. 항상 많이 먹고 강해지라고 말했다. 디에고는 구운 소시지와 밀라네사(빵가루를 입힌 얇은 고기)가 먹고 싶었지만 추페가 값도 싸고 양도 많았다.

디에고는 추페를 한 그릇 사서 테이블에 앉았다. 추페는 쌀과 토마토가 들어가서 걸쭉했다. 토마토 사이에서 고기도 조금 찾아냈다. 디에고는 추페를 입에 넣으면서 자신이 얼마나 배가 고팠는지를 깨달았다. 그릇이 빌 때까지 멈추지 않고 수프를 떴다.

"잘 먹는구나. 아주 좋아."

추페 상인이 디에고가 비운 그릇과 숟가락을 설거지통에 넣으면서 말했다.

디에고는 급하게 먹어 치운 음식이 내려가도록 잠깐 앉아서 숨을 돌렸다. 디에고는 이제 시장에 대해 잘 알았다. 디에고는 사람들이 장사를 하고 필요한 것을 얻는 것이, 그래서 하루가 저물 무렵에는 녹초가 되는 것이 좋았다.

처음 택시가 되어 밖으로 나왔을 때는 산세바스티안 광장을 넘어서는 것이 무서웠다. 코차밤바는 전에 살던 마을보다 훨씬 컸다. 처음에는 길을 자주 잃어버렸다. 하지만 코차밤바는 디에고에게 조금씩 제 모습을 드러냈다. 이제 디에고는 거리 구석구석을 모두 알았다. 또 코차밤바의 큰 시장인 라칸차 어디에 가면 무엇이 있는지도 모두 알았다. 안다는 것은 좋은 일이었다.

"계속 앉아 있을 거면 계속 먹어야지."

추페 상인이 눈치를 주듯 말했다. 다른 손님을 위해 자리를 치우고 싶었던 것이다. 디에고는 자리에서 일어나 작별의 미소를 지었다. 기분이 나쁘지는 않았다. 디에고는 새로운 손님을 받고 싶어 하는 상인의 마음을 이해했다.

디에고는 다시 산세바스티안 광장으로, 감옥으로 향했다.

"매일 이렇게 들락거리니? 너의 시시한 일들을 한꺼번에 해치울 수는 없어?"

새내기 교도관이 짜증을 냈다.

"노력해 볼게요."

디에고도 왔다 갔다 하는 대신에 한 번에 일을 처리하는 것이 좋았다. 하지만 종종 그렇게 되지 않았다. 일은 있을 때 온다.

디에고가 안쪽 문으로 들어서자 비명 소리가 들려왔다. 화난 여자들이 집어 던진 의자들이 여기저기 날아다니고 있었다. 교도관들은 싸움이 끝나기를 기다리며 의자에 앉아 웃고 있었다. 남자 감옥에서는 싸움이 흔하고 위험했다. 어떤 죄수들은 칼에 찔리고 심지어 죽기도 했다. 여자 감옥에서는 말다툼이 길게 계속되지만 폭력은 거의 없었다. 대신 한번 싸우고 나면 몇 주일 동안 살벌한

분위기가 계속됐다.

디에고는 싸우는 이유를 추측해 보려고 했다. 하지만 싸우다 보면 여자들은 원래 이유는 잊고 모든 것에 화를 냈다. 가장 화가 난 두 죄수가 잠깐 싸움을 멈추고 숨을 돌리자, 교도관들이 둘을 마당에서 끌어내 지하 징벌 방으로 끌고 갔다. 디에고는 작은 징벌 방을 한 번 본 적이 있다. 디에고가 말대꾸를 하자 교도관이 거기로 데려가 한 번만 더 말대꾸를 하면 그 방에 가두겠다고 위협했다. 그때 디에고는 아이들은 절대 징벌 방에 가두지 않는다는 사실을 몰랐다.

디에고는 두 죄수에게 주스라도 몰래 가져다줘야겠다고 생각했다. 그러면 나중에 자기에게 택시 일감을 맡길 것이다.

싸움이 끝나고 마당은 조용해졌다. 디에고는 코카를 파는 죄수에게 코카 잎과 레히아와 가격이 적힌 쪽지를 건넸다. 돌려줘야 할 거스름돈은 둘이 함께 셌다.

엄마는 스웨터에 기뻐하고, 디에고가 벌어 온 돈에 기뻐했다.

"배고프니?"

엄마가 물었다.

"시장에서 추페를 먹었어요."

"잘했어. 코리나를 데려가서 저녁을 먹일 테니까 넌 조용히 쉬어."

엄마는 매일 디에고에게 혼자만의 시간을 주었다. 엄마는 모든 사람, 특히 자라나는 아이에게는 그런 시간이 필요하다고 말했다. 그 시간에 디에고는 대개 숙제를 했다. 때로는 침대에 누워서 이 생각 저 생각을 하기도 했다.

디에고는 이미 숙제를 했지만 반 아이들의 숙제를 대신 해 주었다. 그렇게 해서 돈을 조금씩 벌었다. 엄마와 코리나가 돌아왔을 때, 디에고는 막 숙제를 마쳤다.

"오늘 밤에 축구 경기가 있어요."

디에고가 공책을 책가방에 넣어서 코리나 손이 닿지 않는 곳에 올려놓았다.

"아빠를 보러 가고 싶니? 코리나를 데려갈래?"

디에고는 부탁을 받는 것이 좋았다.

"먼저 공원에서 달릴 거예요."

코리나는 얼굴을 닦아 주는 엄마 손길을 요리조리 피했다. 엄마는 수선한 아빠의 셔츠를 디에고에게 건넸다. 엄마는 감옥 문 앞까지 함께 내려왔다.

"엄마도 가자."

코리나는 엄마를 끌고 가려고 했다.

"같이 갈 수 없어, 아가야."

엄마가 말했다.

"디에고, 어서 코리나를 데려가."

디에고는 재빨리 출발했다. 꾸물거리다가는 엄마와 코리나가 울 것이다.

아직 햇빛이 남아 있었다. 디에고는 괴물 소리를 내면서 코리나를 광장 반대쪽까지 쫓아갔다. 둘은 커다란 연못에서 물고기를 찾아보았다. 디에고는 코리나가 공원의 개들을 쓰다듬지 못하게 했다. 개들은 너무 게을러서 물지는 않았다. 하지만 엄마 말대로 병에 걸렸거나 벼룩이 있을지 몰랐다.

남자 감옥에 들어가는 것은 여자 감옥에 들어가는 것과 같았다. 두 개의 문과 두 팀의 교도관을 통과해야 했다. 안쪽 문의 교도관이 디에고와 코리나에게 미소를 지으면서 확성기로 아빠의 이름을 불렀다. 디에고는 아빠가 그 소리를 듣기를 바랐다. 남자 감옥에는 여자 감옥보다 죄수가 더 많고 더 시끄러웠다. 여자 감옥은 말다툼을 할 때만 시끄러웠다.

코리나는 크고 시끄러운 남자 죄수들을 보고는 디에고 다리에 매달렸다. 디에고는 여동생의 부드러운 머리카락을 살짝 잡아당겼다. 네가 거기 있는 것을 오빠도 알고 있다는 걸 알려주기 위해서였다. 마침 아빠가 나왔고, 코리나는 아빠 품으로 달려갔다.

아빠가 코리나에게 다정하게 속삭이면서 다른 팔로는 디에고 어깨를 감쌌다.

"잘 지냈니?"

"잘 지냈어요, 아빠."

아빠는 톱밥에 덮여 있었다. 디에고는 아빠를 포옹하면서 야위었다고 느꼈다.

"엄마가 셔츠를 보냈어요."

"엄마는 잘 있지?"

"잘 있어요."

"내가 얼마나 보고 싶어 하는지 엄마가 아니? 내가 모두를 얼마나 그리워하는지는?"

디에고는 고개를 돌렸다. 아빠 눈에 눈물이 차오르는 것이 싫었다.

"개집을 팔았어. 자동차 대리점을 하는 남자가 사 갔어. 딸이 키우는 애완동물한테 준대."

아빠가 목소리를 바꿔 말했다. 그리고 접혀 있는 한 움큼의 볼리비아노를 디에고 손에 밀어 넣었다. 돈도 톱밥에 뒤덮여 있었다.

"아빠 쓸 돈은 남겼어요?"

엄마가 궁금해할 것을 알고 디에고가 미리 물었다. 아빠가 어깨를 으쓱였다. 디에고는 돈을 조금 빼서 아빠에게 다시 건넸다.

"아빠, 저녁은 먹었어요?"

디에고는 아빠의 대답을 기다리지 않았다. 얼른 조그만 식당에서 밥과 콩을 한 접시 샀다.

"우리 발코니에 올라가서 축구 경기나 봐요."

감옥의 남자들은 축구 팀을 만들었고, 위원회가 경기 일정을 짰다. 오늘 저녁에는 나르코스와 세인츠의 경기가 있었다. 디에고는 세인츠를 응원할 것이다. 세인츠의 선수인 후안이 감옥의 보석 가게에서 일하면서 때때로 디에고에게 택시 일을 맡겼기 때문이다.

아빠와 코리나가 발코니에 자리를 잡자 디에고는 만도를 찾으러 갔다. 남자 감옥은 크기가 더 클 뿐, 여자 감옥과 같은 구조였다. 공식적으로는 이 층 건물이었지만 재소자들은 훨씬 많았다. 금방이라도 무너질 듯한 방들에 임시 사다리를 붙여서 삼 층을 더 올렸기 때문이다. 구석구석에 방들이 있었다. 어떤 방은 너무 낮아서 일어설 수도 없고, 어떤 방은 벽 대신 판지를 세워 두었다. 만도는 남자 감옥에 교도관들이 잘 가지 않는 곳이 있다고 했다. 여자들이 사는 곳이었다. 어떤 죄수들은 갈 곳이 없는 아내와 아이들을 데리고 와서 함께 살았다. 여자 감옥에는 남편이 한 명도 없지만.

디에고는 일 층의 목공소를 살펴보았다. 만도는 하루가 끝나 갈 무렵, 여기에서 청소를 하곤 했다. 기계들은 조용했고 목공소는 비어 있었다. 목공소 옆의 신발 가게에서 접착제 냄새가 진동했

나. 쇠수늘은 여기서 낡은 타이어를 샌들과 구두로 바꾸었다. 하지만 그곳도 비어 있었다.

디에고는 만도를 찾는 것을 포기하고 발코니로 돌아갔다. 코리나는 아빠 무릎에 앉아서 밥과 콩을 먹고 있었다. 아빠는 코리나에게 미소를 지으며 노래를 조금씩 불러 주었다.

디에고가 맡아 둔 자리에 만도가 나타났을 때는 세인츠가 앞서고 있었다. 만도는 비닐봉지를 들고 있었다. 비닐봉지에는 옥수수 치차가 담겨 있었다. 만도는 치차를 길게 한 모금 마셨다.

"마실래?"

만도가 디에고에게 물었다.

"아니."

디에고는 치차 맛을 좋아하지 않았고, 치차를 마시면 머리도 아팠다. 그리고 치차에 취한 남자들의 행동도 좋아하지 않았다.

"그걸 마시면 아빠가 뭐라고 안 하셔?"

"아빠랑 무슨 상관인데? 아빠는 감옥에 있잖아."

디에고가 말을 바꿨다.

"멋진 플레이가 몇 번 나왔어. 세인츠가 이길 것 같아."

"사업 이야기를 하고 왔어."

디에고가 만도를 밀쳤다.

"와, 거물이네?"

"맞아, 거물. 너랑 나."

만도는 디에고 아빠를 보면서 목소리를 낮췄다.

"여기 어떤 남자들이 바깥세상이랑 선이 닿거든. 우리에게 큰돈을 벌게 해 줄 거야."

"우리?"

"너랑 나."

만도가 숨을 내쉴 때마다 술 냄새가 진동해서 디에고는 고개를 돌렸다. 디에고는 만도가 비닐봉지를 들어 올리며 반대편 발코니의 누군가에게 인사하는 것을 보았다.

"엄청난 돈이야."

"우리 같은 사람들이 엄청난 돈을 벌려면 한 가지 방법밖에 없어. 그리고 그 일은 우리를 곧장 여기로 들여보내겠지."

"똑똑하지 않은 사람들이나 그렇지. 너랑 나는 똑똑해."

만도의 아빠가 다가와서 아들 옆에 앉았다.

"나중에 말해 줄게."

만도가 속삭였다. 만도는 아빠와 치차 때문에 말다툼을 벌였지만 디에고는 경기에만 집중하려고 애썼다.

나르코스와 세인츠의 경기는 아슬아슬했다. 나르코스 선수가 딱딱한 시멘트 바닥에 넘어져서 다쳤다. 디에고는 세인츠 팀을 응원하면서 이따금 아빠가 밥과 콩을 잘 먹고 있는지 확인했다.

발코니 위에 매달려 있던 알전구들이 불을 밝혔다. 디에고가 돌아갈 시간이라는 신호였다. 경기는 끝나지 않았지만 지금 가지 않으면 여자 감옥의 문이 닫혀 버릴 것이다. 디에고와 코리나는 아빠와 잘 수도 있었다. 아빠는 자기만의 방이 없었지만 함께 자는 죄수들이 자리를 내줄 것이다. 디에고는 때로 아빠 옆에서 하룻밤을 자곤 했다. 하지만 코리나는 엄마와 인형을 그리워할 것이다.

"가야겠어요."

디에고가 일어섰다. 코리나는 아빠 품에 잠들어 있었다. 둘은 함께 감옥 문 쪽으로 걸어갔다. 아빠가 코리나를 디에고에게 넘겨주었다.

"너무 무겁지 않니?"

"아뇨, 괜찮아요."

디에고가 말했다. 코리나를 안고 아주 멀리 걷는 게 아니어서 괜찮았다. 아빠가 두 손을 뻗어서 두 아이의 머리를 감쌌다.

"잘 가라."

아빠가 말했다.

디에고는 교도관을 지나서 거리로 나왔다. 아빠를 두고 떠나올 때마다 허전했다. 엄마를 두고 떠나올 때도 허전했다.

디에고가 여자 감옥으로 들어섰을 때, 교도관이 마침 문을 잠글 준비를 하고 있었다.

"조금만 늦었으면 공원에서 자야 했을 거다."

디에고는 공원 분수대의 물소리와 시원한 산들바람, 꽃향기와 부드러운 잔디를 답답한 감옥의 작은 침대에 비교해 보았다.

그러다 문득 공원의 불량소년들이 떠올랐다. 세상에 완벽한 곳은 없다.

감옥의 하루

간신히 잠들었던 디에고는 아침을 알리는 거칠고 요란한 버저 소리에 깊은 잠에서 깨어났다. 코리나가 계속 몸부림을 치고 엄마가 악몽을 꾸는 바람에 디에고는 힘든 밤을 보냈다.

교도관들이 벽과 문을 세게 두드렸다.

"모두 기상! 내려와서 점호를 실시한다!"

코리나가 여느 아침처럼 울기 시작했다. 운다기보다는 칭얼대는 것에 가까웠다. 정말 힘들어서가 아니라 습관적으로 우는 것이었다.

"잠을 깨워서 그래."

엄마는 날마다 설명했다.

"우리처럼 익숙해질 수는 없는 거예요?"

엄마가 코리나를 품에 안아 올렸다가 무릎에 받쳐 들고는 발로 바닥을 더듬으며 신발을 찾았다. 디에고는 샌들을 찾아 신은 뒤, 속옷 위에 바지와 셔츠를 재빨리 걸쳤다. 어린아이는 잠옷 차림으로 마당에 나갈 수 있지만 그러기에 디에고는 나이가 많았다.

감옥의 아이들은 공식적으로는 재소자가 아니지만 어쨌든 죄수들과 함께 줄을 섰다. 처음 얼마 동안 디에고네 가족은 줄의 마지막에 섰다. 하지만 지금은 줄의 중간쯤이었다.

"네!"

죄수들은 이름이 불리면 크게 대답했다. 교도관들은 크게 대답하지 않으면 벌금을 매겼다.

점호가 끝나면 모두 목욕탕으로 몰려갔다. 화장실과 샤워실에는 항상 줄이 있었다. 종종 물이 나오지 않으면 문제는 더 심각해졌다. 급수장이 마르거나 펌프에 기계적인 문제가 생겼기 때문이라고 디에고는 신문에서 그렇게 읽었다. 죄수들이 아무리 청소를 해도 목욕탕에서는 고약한 냄새가 났다.

"파이프에서 나는 냄새야. 우리가 어떻게 할 수 없어. 익숙해져야지."

엄마가 말했다.

디에고는 거의 4년 동안 감옥에 살았지만 아직까지 익숙해지지 않았다.

엄마가 코리나를 어린이집에 보낼 준비를 하는 동안 디에고는 등교 준비를 했다. 광장 건너편에 감옥 아이들을 위한 기관이 있다. 이곳의 어린아이들은 아침에 갈 수 있고, 학교에 다니는 아이들은 방과 후에 갈 수 있다. 디에고는 게임을 하거나 숙제를 하러, 아니면 과일이나 빵 같은 공짜 간식을 먹으러 그곳에 갔다. 하지만 대개는 택시로 일하느라 못 갔다.

디에고는 코리나를 감옥에서 데리고 나와 보육사들에게 맡겼다. 보육사들은 양쪽 감옥의 아이들을 모아서 어린이집에 데려갔다.

디에고의 학교는 감옥에서 15블록 떨어져 있었다. 하얀 셔츠가 교복이어서 엄마는 매일 깨끗한 흰 셔츠를 준비했다. 세탁대는 너무 적고, 빨래할 사람은 너무 많았기 때문에 디에고는 엄마가 어떻게 매일 새 셔츠를 준비하는지 신기했다. 셔츠는 항상 깨끗한 손수건과 함께 준비되어 있었다.

디에고는 원래 감옥 아이들이 다니는 가까운 학교에 다녔다. 학교에서 뭔가가 없어져 감옥 아이들이 의심을 받을 때마다, 디에고는 작은 아이들을 지켜 주기 위해 항상 싸움에 말려들었다. 그러자 기관에서 디에고의 전학을 도와주었다.

디에고는 거리에서 살테냐를 사서 학교 가는 길에 먹었다. 서둘렀는데도 지각하지 않으려면 마지막 몇 블록은 달려야 했다.

"숙제는 해 왔어?"

몸집이 다부지고 값비싼 운동화를 신은 소년이 교문 앞에서 디에고 앞을 가로막았다.

"돈은 어디 있어?"

디에고가 대답을 하는 대신 물었다.

소년이 5볼리비아노를 건네자 디에고가 수학 숙제를 건넸다.

"곱셈에서 세 개 틀리고 분수도 하나 틀렸어."

디에고가 말했다.

"뭐? 그럼 내 돈 내놔!"

"바보처럼 굴지 마. 문제를 전부 맞히면 선생님은 네가 했다고 생각하지 않을걸."

소년이 고개를 끄덕이며 미소를 지었다.

"좋은 생각이야. 그런데 글짓기 숙제는?"

디에고가 글짓기 숙제를 건네주었다.

"네가 축구를 좋아하는 이유에 대해 썼어. 몇 번 읽어 둬. 선생님이 물어볼지 모르잖아. 그리고 맞춤법이 좀 좋아졌으니까 선생님이 좋아할 거야."

"글씨가 조금 엉망인데?"

"왼손으로 썼거든. 그래도 네 글씨보다는 낫잖아."

"너 좀 맞아야겠는데?"

"그러든지. 하지만 그 전에 5볼리비아노나 내놔."

소년은 주머니를 뒤지더니 구겨진 지폐를 한 장 더 주었다.

"작년에 숙제해 주던 애는 3볼리비아노만 받았는데."

"그리고 작년에 너는 낙제할 뻔했고."

디에고는 받은 돈을 비밀 주머니에 넣고는 학교로 들어갔다. 덩치 큰 소년은 친구가 아니라 고객이었다. 거래가 끝나자 할 말도 없었다.

학교는 학교였다. 디에고는 다른 아이들과 어울리지 않고 자기 일만 했다. 점심시간에는 학교에서 주는 퀴노아(빵거나 시리얼로 먹는 안데스 지역에서 자라는 영양가 많은 식물)와 콩을 먹었다. 디에고는 학교 도서관에서 빌려 온 책을 식판 앞에 세워 놓았다. 아이들이 시위 중에 겪었던 일들에 대해 불평하는 소리를 듣지 않기 위해서였다.

"우리 집 하녀는 아예 오지도 않았어! 엄마가 오늘 해고해 버릴 거야."

"난 삼촌을 만나러 라파스에 가려고 했는데 시위자들이 공항을 폐쇄했잖아. 휴가를 망쳐 버렸어."

이 학교에 다니는 아이들은 대부분 유럽 사람들의 후손으로, 디에고와 같은 아이들을 무시했다. 하지만 디에고는 공부를 잘하기 때문에 그냥 내버려 두었다.

학교가 끝나고 돌아오자 엄마가 물었다.

"디에고, 오늘 오후에 코리나를 데려갈래? 위원회 모임이 있고 그다음에는 잡일들을 해야 해."

감옥은 여러 재소자 위원회를 운영했다. 위원회는 감옥 청소부터 다툼 해결까지 모든 일들을 처리했다. 엄마는 '환영 위원회'에 소속되어 새로운 재소자들이 감옥에 적응하도록 돕고, '어린이를 위한 프로그램 위원회'에 소속되어 어린이들에게 생일 파티를 열어 주고 감옥에 놀이방을 만들기 위해 노력했다. 실무 위원회에서는 재소자들에게 일을 나눠 주었다. 이번 주에 엄마는 계단 청소를 맡았다.

"교도관들의 임무는 우리를 가둬 두는 것뿐이에요. 모든 일은 우리가 알아서 해야 해요."

디에고는 엄마가 새내기 재소자들에게 이렇게 말하는 것을 들었다.

매일 아침 감옥 아이들에게 빵과 우유를 주는 것을 빼고 정부는 아무것도 주지 않았다. 음식도, 담요도, 심지어 방조차도 모두 일을 해서 구해야 했다. 돈을 벌지 못하는 죄수들은 돈을 버는 죄수들을 위해 잡일을 해야 했다.

코리나는 엄마 손을 세게 잡아당겼다.

"네, 데려갈게요."

디에고가 말했다. 디에고는 높은 선반에서 뜨개질한 물건들이 들어 있는 상자를 내렸다. 그리고 엄마가 코리나에게 샌들을 신기는 동안 박스 속에 끈을 하나 넣었다.

"너무 늦게까지 있지 말고. 내일도 있으니까."

엄마가 말했다.

디에고는 엄마가 그렇게 말해 줘서 좋았다. 하지만 엄마에게 그 돈이 얼마나 필요한지도 알았다.

결국 코리나는 오빠와 나가기로 하고는 엄마 말을 순순히 들었다. 코리나는 화장실에 다녀오고 먼지 묻은 얼굴도 씻었다. 준비가 끝나자 디에고는 감옥을 나섰다.

오늘은 불량소년들도 얼쩡대지 않았다. 그들은 디에고가 여동생과 함께 있으면 괴롭히지 않았다. 코리나를 아직 아기로 생각하는 것 같았다. 물론 불량소년들은 디에고를 조롱할지도 모른다. 하지만 멀찌감치 떨어져서 조롱할 것이다.

디에고는 코리나의 기운을 조금 빼기 위해 공원을 달렸다. 잔디에 앉아 주먹만 한 본드 통을 서로 번갈아 가며 흡입하는 누더기 차림의 젊은 남녀를 피해 달렸다. 그들은 본드 독에 취해 너무 멍하기 때문에 위험하지는 않았다. 하지만 디에고는 코리나가 나쁜 행동을 배우는 것을 원하지 않았다.

디에고는 광장을 빠져나오기 전에 아이마라 여인의 작은 좌판에서 토피 사탕을 샀다. 1볼리비아노에 네 개였다.

"말 잘 들으면 하나 줄게."

디에고가 코리나에게 말했다.

"말 잘 듣잖아."

코리나는 작은 손을 뻗어 사탕을 잡으려고 했다.

"자리를 잡으면 줄게."

디에고가 약속했다. 허가증이 없는 디에고는 거리에서 물건을 팔 수 없기 때문에 경찰을 조심해야 했다. 경찰은 디에고의 돈과 물건을 빼앗고 심지어 벌금도 매길 수 있었다. 지난번에 디에고는 5월 25일 대로의 큰 시장 밖에서 꽤나 운이 좋았다. 그래서 이번에도 그곳으로 향했다.

디에고는 신문 가판대와 선글라스 좌판 사이에서 깨끗한 자리를 찾아냈다. 먼저 상자에서 기다란 끈을 꺼냈다.

"이제 발찌를 해야지."

디에고가 끈의 한쪽 끝을 코리나 발목에 묶었다. 당연한 일이지만 코리나는 한순간도 가만히 있지 못했다. 이렇게 줄을 매어 두면 코리나가 어디로 갈 때마다 알아차릴 수 있을 것이다. 코리나는 참을성 있게 한쪽 발을 내밀고 있었다. 전에도 해 보았기 때문이다.

"예쁜 여동생에게 어울리는 예쁜 발찌야."

디에고는 상자를 뒤집고는 그 위에 아기 옷, 양말, 담요 들을 늘어놓았다. 코리나 손이 깨끗한지 살펴보고는 코리나에게도 함께 늘어놓게 했다. 엄마의 뜨개질은 섬세했다. 엄마는 디에고가 구해 온 낡은 스웨터들을 여러 가지로 바꾸었다. 디에고는 지나가는 사람들이 그 아름다움을 알아보기를 바랐다.

디에고는 준비가 끝나자, 코리나에게 사탕을 하나 주었다. 코리나는 편안히 앉아서 사탕을 먹었다. 디에고는 상자 옆에 서서 기다렸다.

처음에는 장사가 잘되지 않다가 점점 잘되었다. 디에고는 양말 세 켤레, 모자 하나, 가장 멋진 담요를 팔았다. 엄마가 기뻐할 것이다.

"어이, 거물! 네가 만든 인형 옷이야?"

만도가 나타났다.

"네가 원한다면 웃어 주지. 난 한 시간 만에 돈을 많이 벌었거든. 너는 하루 종일 벌어도 이만큼 못 벌걸."

디에고가 주머니를 두드렸다.

만도는 상자를 들고 있었다. 그 안에는 목공소에서 나무토막으로 만든 장난감들이 들어 있었다. 두 소년은 때때로 거리에서 함께 물건을 팔았다. 그러면 외롭지도 않고 서로를 지켜 줄 수도 있었다. 만도도 디에고처럼 상자를 뒤집고 그 위에 장난감을 늘어놓았다.

만도는 순식간에 장난감들을 팔았다. 여자 여행객이 미국에 있는 자식들을 위해 여러 개를 샀다. 만도가 볼리비아노를 집어넣으며 말했다.

"1볼리비아노, 2볼리비아노. 이것도 지겨워. 금세 큰돈을 벌 수 있는 계획이 있다니까. 감옥에 있는 사람들이 그랬어. 자기 친구들이 우리 같은 소년들을 구하고 있다고."

아무도 소년들에게 신경 쓰지 않지만 만도는 디에고에게 몸을 바싹 붙였다.

"우리 같은 소년들? 무슨 뜻이야?"

"돈이 필요한 소년들. 너와 나, 우리가 함께할 수 있어."

"조금 무섭지 않아? 나도 들었어. 큰 차를 타고 다니면서 소년들을 찾아다니는 사람들이 있대."

"아니, 아니, 그런 게 아냐. 진짜 일, 정직한 일이라고."

"짧은 시간에 많은 돈을 벌게 해 주는 정직한 일은 없어. 볼리비아에는 말이야. 밀수나 도둑질뿐이지. 그리고 사람들은 결국 감옥에 가게 되고."

디에고는 "너희 아빠처럼……."이라고 덧붙일 수도 있었지만 그러지 않았다.

디에고는 주머니에 들어 있는 지폐를 만졌다. 오늘 장사가 잘되었는데도 많지는 않았다. 감옥에 살아도 많은 돈이 든다. 매달 방 값도 내야 하고.

"무슨 일을 하는데?"

디에고는 별로 관심 없는 척했다.

"심부름일 거야. 그게 중요해? 돈이잖아. 게다가 몇 주 동안 여 기서 벗어날 수도 있고."

"벗어나?"

"계속 질문만 할 거야? 그냥 이 주일 정도야. 그러고는 바로 엄 마 곁으로 돌아올 텐데 뭘. 주머니에는 돈을 잔뜩 넣고."

디에고는 잠깐 생각할 시간을 얻기 위해 코리나에게 사탕을 하 나 더 주었다.

"무슨 일을 하느라 여기를 떠나야 하는지 모르겠어. 법을 어기 는 게 무섭지 않아?"

"법은 부자들이 우리 같은 사람들을 가난하게 하려고 만든 거 야."

만도가 말했다. 마치 학교에서 배운 뭔가를 인용하는 것 같았 다. 디에고가 보기에 만도는 더 이상 학교에 다니지 않는 것처럼 보였지만.

"너, 시위하는 사람들 같아."

"아냐, 그들은 함께하지만 나는 혼자 싸우잖아."

"아빠는 뭐라고 하셔?"

"내가 잠깐 사라진다면 기뻐하실 거야."

그 말에 디에고는 두 가지를 알게 되었다. 하나는 만도가 아빠에게 말하지 않았다는 것. 디에고는 만도가 아빠와 같이 있는 모습을 여러 차례 보았다. 두 사람은 말다툼을 했지만 만도의 아빠는 만도가 옆에 있어서 행복해 보였다. 다른 하나는 만도 자신도 그 일을 완전히 믿지 않는다는 것이었다. 만도는 스스로를 설득하려고 애쓰고 있었다.

"모르겠어. 부모님이 걱정할 거야. 엄마는 다른 사람에게 심부름을 맡겨야 하고."

디에고가 말했다.

"그래도 생각해 봐. 아직 며칠 시간이 있어. 함께 가면 재미있을 거야. 나는 몇 볼리비아노씩 버는 것에 질렸어. 감옥에 사는 것도 질렸고. 나는 모든 것에 질렸어. 그건 휴가 같을 거야."

만도가 말했다.

"생각해 볼게."

디에고가 약속했다. 하지만 생각할 것도 없었다. 볼리비아에서 많은 돈을 버는 일은 하나였다. 코카인(코카 반죽으로 만든 불법 약물)과 연관된 일. 여자 죄수들은 그런 이야기를 많이 하지 않았지만 남자 죄수들은 많이 했다. 자신들이 얼마나 돈을 많이 벌었는지,

얼마나 능력이 있는지, 출소 뒤 얼마나 대단한 계획을 갖고 있는지……. 때로는 싸움도 벌이고 칼로 찌르기도 했다.

만도가 활짝 웃으면서 디에고 팔을 주먹으로 쳤다.

"좋아, 거물. 오늘은 그만 이야기하자. 대신 이 장난감들이나 모두 팔아 버려야지. 내가 장난감을 모두 파는 동안 너는 인형 옷을 하나도 못 팔걸?"

둘은 반 시간 동안 손님을 부르고 부추기면서 열심히 장사를 했다. 거리 끝에 경찰이 나타나자 서둘러 불법 좌판을 접고 장사를 끝냈다.

집으로 돌아갈 시간이었다. 디에고는 상자를 안고 코리나 손을 잡고는 걷기 시작했다.

"오빠, 내 발찌!"

아차, 디에고는 여동생과 함께 묶여 있는 것을 잊어버렸다. 디에고는 끈을 풀어서 상자 안에 넣고 다시 걸음을 옮겼다.

디에고와 만도는 공원에서 낡은 본드 통으로 축구를 했다. 코리나는 오빠들 사이를 날쌔게 움직였다. 곧 감옥에 들어갈 시간이었다.

"생각해 봐. 부자가 될 다른 방법이 없다면 말이야."

만도가 다시 말했다.

"내가 너보다 먼저 백만장자가 될 거야. 그리고 백만장자가 되면 너랑은 말도 안 할 거야. 검은 안경을 쓴 보디가드들을 거느리고 유리창이 검은 차도 살 거야. 그 차는 버스만큼 기다랗지. 너는 몇 센티보라도 달라면서 차창을 두드리겠지? 그래도 난 아는 척도 안 할 거야."

디에고가 말했다.

"내가 그 차를 타고서 널 모르는 척하겠지. 내일 보자, 거물."

만도가 웃었다.

디에고는 친구가 남자 감옥으로 향하는 것을 보았다. 만도는 감옥 안으로 사라지기 직전에 몸을 돌리더니 소리를 질렀다.

"놀이는 끝났어, 디에고. 이제 우리는 남자야."

그러더니 감옥으로 들어가 버렸다.

남자. 만도는 간신히 열네 살이 되었다. 디에고는 그것이 도전이라는 것을 알았다. 어쨌든 생각할 시간이 필요했다.

저녁 해는 기분을 좋게 했다. 디에고는 코리나와 벤치에 앉아 지나가는 차들을 보면서 사람들이 다들 어디로 가는지 궁금했다.

'아마 저녁을 먹기 위해, 쉬기 위해, 가족과 지내기 위해 집으로 가겠지.'

예전에 자유롭고 강인하던 디에고의 아빠는 하루 일이 끝나면 디에고의 숙제를 봐주면서 엄마와 은밀한 농담을 나누며 웃곤 했다.

남자. 자신이 진짜 남자라면 100년이나 된 감옥 안으로 다시 걸어 들어가지 않을 것이다. 팔을 내밀어 택시나 버스를 세우고는 어디로든 떠날 것이다. 교도관도 없고, 아침 점호도 없고, 여자들의 울음소리도 비명도 없는 곳으로.

'하지만 코리나는 어떻게 하지? 벤치에 혼자 두고 가 버릴까?'

남자는 자신의 책임을 다해야 한다. 자신의 가족을 보살펴야 한다.

코리나를 벤치에 두고 떠나는 것은 아주 쉽다. 코리나는 빨리 달리지 못한다. 코리나가 벤치에서 내려오기 전에 자신은 트럭 뒤에 올라타고 떠나 버릴 것이다. 귀찮게 칭얼대는 여동생을 별로 좋아하지 않았던 것처럼.

코리나가 디에고에게 기댔다. 퍼뜩 코리나가 잠든 것을 알았다. 디에고는 코리나를 살살 깨워서 함께 감옥 안으로 돌아갔다.

감옥 분위기가 좋지 않았다. 엄마와 함께 요리를 하던 여자들 사이에 말다툼이 벌어졌다. 감방 안에서는 요리를 하는 것이 허락되지 않기 때문에 몇몇이 모여서 함께 요리를 했다. 그런데 쥐들이 옥수수 자루에 들어가는 바람에 새로 옥수수를 사야 했고, 아무도 돈을 내려고 하지 않았다. 디에고 엄마까지 소리를 지르고 있었다.

한참 뒤, 디에고는 저녁밥을 받았다. 엄마와 코리나와 함께 마당의 플라스틱 테이블에 앉아 밥을 먹었다. 줄곧 혼잣말을 해 대는 죄수가 같은 테이블에 앉아 있었지만 빈자리가 거기뿐이라서 어쩔 수가 없었다. 엄마가 학교에 대해 묻고, 위원회가 어떻게 돌아가는지 들려주고, 물건을 많이 팔아 기쁘다고 말하는 동안 죄수는 계속 혼자만의 대화를 이어 갔다. 디에고는 엄마가 다른 죄수들과의 말다툼으로 아직도 화가 나 있다는 것을 알았다. 그때, 옆 테이블에서 두 죄수가 싸움을 벌였고 교도관이 왔다. 엄마와 디에고가 그쪽에 정신이 팔린 사이, 미친 죄수가 코리나를 재빨리 안고 갔다.

"엄마라고 불러! 나를 엄마라고 불러!"

미친 죄수가 코리나 얼굴에 대고 꺽꺽대는 목소리로 말했다.

"아기가 죽어서 착각하는 거야."

엄마가 예전에 설명해 주었다. 미친 죄수가 코리나를 데려간 것은 처음이 아니었다.

두 명의 죄수가 코리나를 잡고 두 명의 교도관이 미친 죄수를 붙잡아 간신히 둘을 떼어 놓았다.

교도관이 미친 죄수를 징계 위원회 방으로 밀고 갔고 엄마는 코리나를 단단히 껴안았다.

"코리나를 잘 봤어야지!"

엄마가 디에고에게 소리쳤다. 그러고는 등을 돌리고 코리나를 달랬다. 그 와중에 접시가 바닥에 떨어져 있었다. 디에고는 음식을 접시에 주워 담아 다시 먹기 시작했다. 음식을 버리는 것은 볼리비아노를 쓰레기 속에 던져 버리는 것과 같았다.

평범한 감옥의 하루였다. 하지만 만도가 떠나자고 말해서인지 디에고는 이런 사소한 일들이 신경 쓰였다. 하마터면 엄마에게 옛날 집을 기억하는지 물어볼 뻔했다. 물론 엄마는 기억했다. 매일 아침 물을 주던 대문 옆의 빨간 꽃들을 기억했다. 믿지 못할 가브리엘 천사가 열어 주지 않아도 마음대로 드나들던 대문을 기억했다. 엄마는 한밤중에 간식을 만들기 위해, 또는 그저 거닐기 위해 드나들던 자신의 부엌을 기억했다. 코리나는 감옥에서 태어났기 때문에 아무것도 기억하지 못했다. 하지만 엄마는 기억했고, 아빠도 기억했고, 디에고도 기억했다.

디에고의 부모는 감옥에 13년을 더 있어야 했다. 디에고는 남은 저녁밥을 앞에 두고 테이블에 앉아서 머릿속 공책에 멋지고 깔끔하게 13이라는 숫자를 적었다. 그리고 자신의 나이인 12를 적고 그 아래에 선을 그었다. 두 숫자를 더하고는 한참 동안 그 합계를 노려보았다.

영업 정지

"잠깐 코리나 좀 볼래? 좀 쉬어야겠어."

다음 날 저녁, 엄마가 물었다. 디에고는 침대에 몸을 뻗고 누워 있었다.

"숙제 있어요."

디에고가 말했다.

"내일은 학교에 안 가잖아. 숙제는 나중에 하렴."

"디에고 싫어."

코리나가 징징거렸다.

"제발, 디에고. 정말 긴 하루였어. 오래 걸리지 않을 거야. 아래 층에 내려가서 주스 좀 마시고 카드놀이도 좀 해야겠어."

"나도 주스!"

코리나가 졸랐다.

"알았어요. 알았어. 볼게요."

정말 싫었다. 하지만 디에고가 싫다고 하면 엄마는 방에 앉아 있을 것이고 그러면 디에고는 죄책감을 느낄 것이다. 엄마는 디에고가 마음을 바꿀 틈도, 코리나가 불평할 틈도 주지 않았다. 코리나가 마음대로 내려오지 못하게 침대 위에 올려놓고 밖으로 나가 버렸다.

코리나가 칭얼거리면서 디에고를 때리기 시작했다.

"그만해!"

하지만 코리나는 말을 듣지 않았다. 디에고는 코리나를 그냥 내버려 두다가 조금씩 밀어냈다. 그러나 결국은 포기했다. 코리나도 재미있게 해 주면 얌전해질 것이었다.

"그림 그려 줄까?"

"싫어."

"뭘 그려 줄까? 말해 봐. 그려 줄게."

"고양이."

디에고는 고양이를 그리고 코리나가 아는 동물들을 모두 그렸다. 그다음에는 나무, 자동차를 그렸다. 코리나도 그림을 그리고 싶다고 했다. 디에고는 코리나를 바닥에 내려놓고 종이와 연필을 주었다. 코리나는 잠깐 조잘거리다가 이내 조용해졌다. 디에고는 다시 숙제를 시작했다.

디에고는 자기 숙제를 다하고 2학년 위의 누군가를 위해 수학 숙제를 했다. 수업 시간에 풀던 문제들보다 복잡했다. 수학 숙제는 정신을 집중해야 하지만 재미있었다. 수학은 퍼즐이고 수수께끼였다. 디에고는 시간이 조금 걸렸지만 마침내 수수께끼를 풀었다.

"좋아, 코리나 이제 놀아 줄게."

디에고가 책가방에 수학 숙제를 넣으며 말했다.

대답이 없었다. 디에고는 코리나가 앉아 있던 바닥을 내려다보았다. 종이와 연필만 있고 코리나는 없었다.

코리나는 아마 침대 밑으로 들어갔을 것이다.

'내가 침대 밑으로 기어 들어가 끌어내기를 기다리겠지? 그냥 내버려 두자.'

디에고는 책가방을 열고 낮에 거리에서 주운 작은 고무공을 꺼냈다. 두 손으로 공을 빙글빙글 돌려 보았다. 한쪽은 조금 물어 뜯기고 이빨 자국도 있었다. 어떤 강아지가 장난감을 잃어버린 모양이었다.

디에고는 감옥에서도 애완동물을 기를 수 있기를 바랐다. 여동생 대신 강아지가 있다면 밤마다 강아지를 침대 옆 담요 위에 눕히고 손을 뻗어 핥게 할 것이다. 택시 일을 할 때도 강아지를 데리고 다니다가 공원에서 공을 던져 줄 것이다. 강아지에게 병이 옮지 않도록 공원의 개들 곁에는 가지 못하게 할 것이고, 강아지는 불량소년들이 자신을 괴롭히지 못하게 할 것이다.

디에고는 공을 위로 던지다가 벽으로 던졌다.

"너무 조용한데, 코리나. 항상 이렇게 조용하면 얼마나 좋아."

디에고가 말했다.

대답이 없었다. 코리나는 아마 잠이 들었을 것이다. 디에고는 코리나를 그냥 내버려 두고 싶었다. 하지만 엄마가 돌아와서 제대로 동생을 돌보지 않은 것을 알면 좋아하지 않을 것이다. 엄마는 아무리 바닥을 청소해도 코리나가 자기에는 지저분하다고 생각했다.

디에고가 벽을 두드렸다.

"코리나, 일어나!"

대답이 없었다. 디에고가 한숨을 쉬더니 다리를 침대 아래로 늘어뜨렸다.

"넌 너무 말썽꾸러기야. 언제 클래?"

디에고가 바닥에 내려서더니 몸을 쭈그리고 침대 아래를 들여다보았다. 이런저런 물건들이 담긴 상자와 가방들은 보였지만 코리나는 보이지 않았다.

아이들, 특히 어린아이들은 혼자 감옥 안을 돌아다닐 수 없었다. 가장 중요한 규칙이었다. 코리나를 쫓아다니던 여자처럼 죄수들 중에는 미치광이도 있었다. 아이들을 좋아하지 않는 사람들도 있었다. 남자 감옥에서는 더 심했다. 어떤 남자들은 아이들에게 폭력적이었다. 게다가 감옥에는 아이들이 망가뜨리면 안 되거나 아이들을 다치게 할 도구와 기계들도 있었다. 아이들을 감독하지 못하는 부모들은 감옥에서 아이들과 함께 지낼 수 없었다. 관리들이 나와서 아이들을 데려갔다.

디에고의 공포는 커졌다. 당장이라도 복도로 뛰어나가 코리나의 이름을 외치고 싶었지만 그럴 수 없었다. 그러면 모든 사람들이 코리나가 사라진 것을 알게 될 테니까. 디에고는 한숨을 내쉬고는 천천히 방을 나섰다. 자신이 평소처럼 보이기를, 아무도 자신의 심장 소리를 듣지 못하기를 바랐다.

복도에도 코리나의 흔적은 없었다. 디에고는 발코니로 향하면서 주위에 있는 방들을 들여다보았다. 코리나는 작았다. 그래서 어디에든 있을 수 있었다.

코리나가 심심했다면 아마 엄마를 찾아다닐 것이다. 코리나는 주스를 마시고 싶어 했다. 코리나가 무사히 계단을 내려가 엄마를 만났다면 엄마가 디에고에게 동생을 제대로 돌보지 않았다고 화를 내겠지만 나쁜 일은 일어나지 않을 것이다.

디에고는 발코니에서도 코리나를 찾을 수 없었다. 난간 너머를 넘겨다보았다. 엄마는 마당의 테이블에서 친구들과 주스를 마시며 이야기를 하고 있었다. 코리나는 없었다. 마당을 살펴보기 위해 몸을 좀 더 숙였다. 바로 아래에 추페를 요리하는 죄수가 있었지만 코리나는 없었다.

디에고는 좀 더 몸을 숙였다. 아마 코리나는 가게를 하는 죄수들 중 누군가와 함께 있을 것이다. 코리나는 항상 그들에게 사탕을 달라고 졸랐다.

디에고는 자신이 아직도 공을 들고 있는 것을 알아차리지 못했다. 그러다 그만 공이 추페 냄비로 떨어져 버렸다. 추페가 튀면서 죄수가 펄쩍 뛰다가 균형을 잃었다. 냄비가 시멘트 바닥에 엎어졌다. 디에고는 아무도 모르게 이 위기를 넘길 수 있다는 희망을 모두 잃었다.

엄마는 바로 알아차렸다. 디에고가 공을 떨어뜨린 충격에서 벗어나기도 전에 엄마가 계단을 올라와 디에고 옆에 섰다. 엄마가 방을 살펴보고 나오더니 말했다.

"어디, 어디 찾아봤어?"

"얼마 못 찾아봤어요. 멀리 가지 못했을 거예요."

엄마와 디에고가 서로 다른 방향으로 향했다.

감옥은 작은 세계였다. 소식은 금세 돌았다. 좋은 점은 모두 함께 코리나를 찾는다는 것이다. 나쁜 점은 모든 사람이 디에고가 자기 일을 제대로 하지 않았다는 사실을, 그리고 그건 디에고 엄마가 자기 일을 하지 않았다는 의미임을 알게 되었다는 것이다. 엄마의 친구 죄수들은 호의적이고 친절했다. 하지만 호의적이지 않은 죄수들은 엄마가 나쁜 엄마라고 했다. 그리고 디에고가 너무 멍청해서 다시는 택시 일을 못 할 거라고도 했다. 디에고는 잃어 버린 동생을 찾아서 감옥을 여기저기 돌아다니며 이 모든 이야기 들을 들었다.

"네가 좋은 아이라고 생각했는데 내가 틀린 것 같구나. 동생을 찾으면 넌 다른 곳으로 보내질 거야."

디에고가 감옥 입구에 있는 선반 아래쪽을 살펴보는데 로페즈 교도관이 말했다. 디에고는 이미 잔뜩 힘들었기 때문에 기분이 더 나빠지지는 않았다.

"밖에 나가지 않았죠?"

디에고가 로페즈 교도관에게 물었다. 로페즈 교도관이 자기는 보모가 아니라고 말하는 순간, 디에고는 고함 소리를 들었다.

"찾았다!"

소리는 마당 반대편에서 들려왔다. 재소자가 울고 있는 코리나를 안고 일 층 복도에서 달려 나왔다. 엄마가 코리나를 안고 위층으로 올라갔다. 다들 디에고에게 아무 말도 하지 않았다. 디에고는 소등 버저가 울릴 때까지 마당의 테이블에 혼자 앉아 있었다.

디에고 때문에 음식을 망쳐 버린 죄수가 옆을 지나가다 말했다.

"네 엄마에게 추펫값으로 얼마를 물어야 하는지 말해야겠어."

디에고는 대답하지 않았다. 천천히 계단을 올라간 뒤 방으로 들어가 침대에 누웠다. 디에고는 더 이상 엄마를 곤란하게 하고 싶지 않았다. 엄마는 밤새 디에고에게 등을 돌린 채 아무 말도 하지 않았다.

징계 위원회는 시간을 낭비하지 않았다. 바로 다음 날, 위원회는 디에고 가족을 소환했다. 위원회는 일요일에는 예배당으로, 평소에는 어른들의 교육실로 쓰이는 방에서 열렸다. 커다란 십자가가 한쪽 끝에 걸려 있고 이동식 테이블과 의자들이 있었다.

디에고는 한 번도 위원회에 불려 나온 적이 없었다. 디에고가 계단에서 뛰거나 교도관에게 말대꾸를 했을 때, 엄마 혼자서 위원회에 나가 무슨 벌인지를 들었다. 때로는 돈이었고 때로는 잡일이었다.

위원들은 십자가 아래 기다란 테이블에 앉아 있었다. 테이블 앞에 놓인 의자에는 엄마와 코리나가 앉았다. 디에고는 엄마 옆에 섰다.

위원장이 말했다.

"우리 중 누구도 감옥에 있고 싶어 하지 않습니다. 우리는 스스로를 다스림으로써 이 끔찍한 곳을 조금 더 살 만한 곳으로 만들고자 합니다. 위원회의 위원들은 질서를 유지하고 다툼을 해결하기 위해 재소자들에 의해 선출되었습니다. 교도관들이나 관리 직원들이 아니라 우리 서로를 위해서요."

'빨리빨리.'

디에고는 생각했다.

위원장은 빨리 결정을 알렸다. 첫 번째 결정은 예상했던 것이었다.

"망쳐 버린 추펫값을 물어야 합니다. 베르데 부인이 추페 한 냄비를 팔고 벌어들이는 돈을 지불하세요."

한 냄비에서 나오는 추페 그릇 수와 추페 한 그릇의 가격이 나와 있었다. 꽤 많은 액수의 볼리비아노였다. 디에고는 택시 일을 두 배로 늘리고 더 많은 숙제들을 맡아야 할 것이다. 그래도 여러 주가 걸릴 것이다.

"당신의 아이들이 감옥에 남을지 말지를 결정할 권한이 우리에게는 없습니다. 그건 감옥 행정국과 아동복지과의 권한입니다."

엄마가 긴장하더니 디에고 허리를 단단히 감쌌다. 디에고는 엄마가 코리나도 단단히 끌어안는 것을 느꼈다.

위원장이 말을 계속했다.

"아이들은 우리가 시련을 헤쳐 나가는 유일한 힘이에요. 감옥은 아이들에게 좋은 장소가 아니지만 정부 시설이나 거리에서 지내는 것보다는 여기서 우리와 함께 지내는 것이 낫죠. 세상에는 연

민이 너무나 부족하기 때문에 우리의 규칙도 매우 엄격할 수밖에 없어요. 하지만 당신이 이런 일로 이 자리에 선 것은 4년 만입니다. 우리는 당신과 당신 아들이 우리의 작은 공동체에 기여한 바를 인정합니다. 행정국에 아이들이 당신 곁에 있게 해 달라고 부탁하겠습니다."

디에고는 엄마가 안도감에 훌쩍이는 소리를 들었다. 디에고는 엄마 어깨를 팔로 감쌌다.

위원장이 디에고를 불렀다. 디에고가 재빨리 고개를 들었다.

"디에고, 넌 이제 어린아이가 아니야. 네가 책임을 다하지 않는 바람에 비참한 일이 벌어질 수도 있었어. 네 동생은 다쳤을 수도 있고. 그러면 누구도 감옥에 아이를 두지 못하게 되는 거야. 네 나이에 그런 책임을 지는 것은 부당하지만 세상이 그런걸. 너는 감옥 전체에 소란을 일으켰어. 네가 여동생도 믿고 맡길 수 없는 아이라면 심부름도 믿고 맡길 수 없겠지. 그래서 다시 통보가 있을 때까지 너는 택시로 일할 수 없어."

디에고는 회의실을 나서는 순간, 모든 죄수들의 시선이 자신에게 꽂히는 것을 느꼈다. 부끄러움과 분노가 뒤섞였다.

'어떻게 나의 일거리를 빼앗을 수 있지? 돈을 벌지 못한다면 무엇으로 추펫값을 물라는 거지? 내가 잘못은 저질렀지만 이건 정의가 아니야!'

디에고는 어떤 일이 벌어질지 알았다. 엄마가 아빠한테서 받은 돈도, 뜨개질로 번 돈도 몽땅 추펫값으로 내놓아야 한다는 것도 알았다.

'엄마가 어떻게 방값을 계속 내지?'

디에고 가족은 다시 마당에 매트를 깔고 살아야 할 것이다. 코리나는 더 제멋대로일 것이고 디에고의 시간은 모두 사라질 것이다. 택시가 아니라면 학교 갈 때를 빼고는 감옥에서 나갈 일이 없을 것이다. 디에고는 끝없는 시간과 날들 동안, 높은 돌담 아래에서 엄마의 불편한 침묵을 견디며 여동생을 돌봐야 할 것이다.

안녕, 감옥

다음 날, 학교가 끝났을 때 만도가 디에고를 기다리고 있었다.

"안됐다."

만도가 말했다.

"어떻게 알았어?"

디에고가 물었다. 그러다가 남자 감옥에 아빠를 두고 여자 감옥
에 사는 아이가 자신만은 아니라는 것을 떠올렸다.

"잠시 아빠랑 지낼 거야? 네 아빠 방에 자리가 없으면 나랑 우리
아빠 방에 있어도 돼."

"그것도 생각해 봤지만 상황만 나빠질 거야. 위원회에서 엄마
심부름은 해도 괜찮다고 했어. 내가 없으면 엄마는 택시를 써야
하잖아. 내가 코리나를 돌보면 엄마가 뜨개질을 더 많이 할 수도
있고."

"얼마나 손해를 보았는데?"

디에고가 말하자 만도가 휘파람을 불었다.

"그 손해를 메울 방법을 아는데. 문제도 해결하고 상황도 훨씬 좋아질 거야."

만도가 말했다.

"엄마가 엄청 화낼 거야."

디에고가 말했다.

"지금보다 더?"

디에고는 그럴 수도 있다고 생각했지만 확실하지는 않았다. 엄마는 디에고에게 소리를 지르지 않는 대신 지독하게 침묵했다. 차라리 소리를 지르는 것이 나았다. 엄마는 마치 디에고가 없는 것처럼 굴었다.

"우리는 내일 떠나."

만도가 말했다.

디에고는 잠깐 아무 말도 하지 않다가 이렇게 말했다.

"돈을 얼마나 벌게 되는데?"

"확실히는 모르지만 아마 택시로 일 년 동안 버는 돈보다는 많을걸?"

"그리고 딱 이 주일만 일하면 되고?"

"하루 이틀 더 하거나 덜 하거나. 네가 여길 떠난 걸 실감하기도 전에 돌아올 거야."

디에고는 머릿속으로 계산했다. 엄마에게는 아빠와 같이 지내겠다고 말할 것이다. 쪽지를 남기는 편이 나을 것이다.

"밀수는 아니지? 밀수하면 체포되잖아."

디에고는 만도가 말의 의미를 알아듣도록 이렇게 덧붙였다.

"너희 아빠도 체포되었잖아."

"우리 아빠는 멍청했어. 하지만, 이건 밀수가 아니라 심부름이야. 낯선 아이들에게 그렇게 귀한 물건을 맡길 것 같아?"

만도가 말했다.

심부름이라니 그렇게 나쁘게 들리지 않았다. 지금도 심부름을 하지 않는가.

"부모님에게 뭐라고 하지?"

"부모님은 감옥에 있어. 그들은 스스로에게도 어떻게 하라고 말하지 못해. 우리는 스스로 결정해야 해."

만도는 걸음을 멈추고 이어 말했다.

"자, 아주 간단해. 갈 건지, 말 건지 일단 그걸 결정하면 나머지도 생각나겠지. 난…… 네가 같이 갔으면 좋겠어. 정말 혼자 가고 싶지 않아."

"내게 줄 일도 있을까?"

"거기 네 이름을 올리고 기다리면서 준비하는 거지. 거물 디에고 예약. 그 사람들에게 네 이야기를 해 뒀어. 그러니까 넌 가야 해. 응?"

디에고가 활짝 웃었다. 이미 결정은 났다. 디에고는 벌써 기분이 나아졌다.

내일 아침에 만나기로 했다. 만도는 볼일이 있다며 달려갔다.

"돈 좀 가져와. 간식이라도 사 먹게 주머니에 넣어 와. 아무것도 없으면 촌놈처럼 보일 거야."

만도가 멀어지면서 소리쳤다.

"가져올 돈이 있으면 너랑 가지도 않겠다."

디에고가 중얼거렸다.

"돈이 필요하면 나랑 밀가루 자루나 옮길래? 원래 일하던 사람이 늦는구나. 교통경찰이 딱지를 떼기 전에 얼른 짐을 내리고 트럭을 빼야 하는데 말야."

디에고 말을 들은 가게 주인이 말했다.

디에고는 얼른 일을 시작했다. 자루들은 크기도 무게도 디에고와 비슷했다. 디에고는 자루를 어떻게 옮기는지를 배워야 했다.

"트럭까지 뒷걸음질로 가서 자루의 두 귀퉁이를 잡고 등에 올리는 거야."

디에고는 자루 무게로 몸이 거의 반으로 접혔다. 두 시간 동안 트럭 위의 자루들을 가게 뒤쪽으로 옮겼다. 일이 끝났을 때는 온

몸이 쑤시고 밀가루를 잔뜩 뒤집어썼다. 하지만 가게 주인이 기뻐하면서 15볼리비아노를 주고 일하고 싶으면 연락하라고 했다.

"원래 일하는 사람이 처남이기는 한데 해고할 수도 있거든."

코차밤바가 어두워지기 시작했다. 디에고는 급히 감옥으로 향했다. 한 걸음 한 걸음이 고통스러웠다. 완전히 지쳐 버렸다. 간신히 제시간에 감옥에 들어갈 수 있었다.

"또 너구나. 어느 날 우리가 빨리 문을 잠가 버리면 네 행운도 끝장나겠네. 그치?"

새내기 교도관이 말했다.

'이 주일 동안 당신의 못생긴 얼굴을 보지 않아도 되겠네요.'

디에고는 속으로 말했다. 떠난다는 생각만으로도 즐거웠다.

엄마는 어디 다녀왔는지 묻지 않았고 디에고도 말하지 않았다. 엄마는 뜨개질감에서 고개도 들지 않았다. 코리나는 보이지 않았다. 다른 엄마와 돌아가며 아이를 돌보기로 한 것이 틀림없었다. 오늘 두 시간 동안 내 아이를 봐주면 내일 두 시간 동안 그 집 아이를 봐주는 것이다.

디에고는 뭔가 말해야겠다는 생각에 입을 열었다.

"씻을게요."

그러고는 깨끗한 옷을 찾아 샤워실로 내려갔다. 차가운 물이 가늘게 흘러나왔지만 그 정도면 충분했다.

디에고가 돌아왔을 때 방은 비어 있었다. 엄마는 디에고에게 늘 혼자만의 시간을 내주었다. 숙제를 할 필요는 없었다. 디에고는 밀가루가 묻은 옷과 필요한 물건 몇 가지를 책가방에 넣고는 선반에 올렸다. 그리고 엄마에게 이 주일 동안 아빠와 지내겠다는 쪽지를 썼다. 아침에 떠나기 직전에 쪽지를 베개 아래에 살짝 밀어 넣을 것이다.

잠은 오지 않았다. 디에고는 생각을 멈출 수가 없었다. 잠도 오지 않는데 누군가와 같이 누워 있으니, 밤이 아주 길게 느껴졌다. 디에고가 움직이면 누군가가 깨어날 것이었다. 1분, 1분이 더디게 흘러갔다. 아침 버저 소리는 구원이었다.

'마지막 점호네. 이 주일 동안은 점호도 없겠지.'

디에고는 죄수들과 아이들 사이에 줄을 섰다. 내일 아침부터 디에고는 자유인으로 깨어나 자유인으로 일하고 자유인으로 돈을 벌 것이다. 교도관들이 죄수들의 줄을 따라 걸음을 옮기며 이름을 부르고 얼굴을 확인하는 동안 디에고는 앞으로 어떤 일이 펼쳐질지 상상해 보았다. 하지만 아무것도 상상할 수 없었다.

평소처럼 바쁜 아침이었다. 디에고는 베개에 쪽지를 넣고 마당에서 엄마와 코리나와 함께 교도관들이 문을 열어 주기를 기다렸다. 옷으로 불룩한 책가방을 단단히 껴안고 주머니에 들어 있는 약간의 볼리아노를 만져 보았다. 손수건 옆에 안전하게 들어 있었다.

디에고는 엄마에게 무슨 말인가를 하고 싶었다. 자신을 걱정하지 말라고, 다 잘될 거라고. 하지만 어떻게 말을 해야 할지 몰랐다. 디에고는 엄마가 팔을 뻗어 안아 주기를, 자신의 마음을 알아채고 가지 말라고, 자신에게 화가 나지 않았다고, 문제를 해결할 방법을 찾았으니 걱정하지 말라고 말해 주기를 바랐다. 하지만 디에고는 엄마 역시 무슨 말을 해야 할지 모를 것이라고 생각했다.

어느 순간 디에고는 문을 지나 감옥 밖으로 나와 있었다.

엄마가 엑스레이 같은 눈으로 감옥 담장을 투시라도 할까 봐 디에고는 학교 쪽으로 걸었다. 그러다가 옆길로 접어들어 달리기 시작했다. 콜론 광장까지 달렸다.

광장은 종이 상자에 담긴 사탕, 나무 수레에 담긴 비스킷, 이동식 오븐에 담긴 살테냐를 파는 장사꾼들로 활기가 넘쳤다. 정장 차림의 남자와 여자들이 서둘러 사무실로 향했다. 관광객들은 지도를 자세히 들여다보다가 거리의 표지판들을 실눈으로 살폈다. 거지들은 자신의 구역을 돌았다.

디에고는 가로수와 사람들 사이에 서 있는 만도를 알아보지 못했다. 만도가 분수 옆 광장 중앙으로 나왔을 때 알아차렸다. 디에고가 손을 흔들며 다가갔다.

"이제 어떡해?"

디에고가 물었다.

"곧 올 거야."

"누가?"

"우리를 고용한 남자들."

"어디로 가는지 알아?"

"돈의 산으로. 넌 너무 걱정이 많아. 벌써 늙은이 같다니까."

만도가 말했다.

"그냥 다 잘되기를 바라는 거야. 조심해서 나쁠 건 없잖아."

"넌 인생을 즐겨야 해. 너무 조심스러워."

만도가 말했다.

"너 그러다 저렇게 될 수도 있어."

디에고가 분수 주위 잔디에 누워 있는 세 소년을 고갯짓으로 가리켰다. 소년들은 차례로 플라스틱 본드 통을 들고 깊게 숨을 들이쉬었다. 길 건너까지도 본드 냄새가 났다.

만도가 어깨를 으쓱였다.

디에고는 너무 불안해서 가만있지 못하고 분수 옆을 오르내렸다. 속으로 남자들이 오지 않기를 은근히 바랐다.

"네 엄마가 여기까지 잡으러 올까 봐 겁나?"

만도가 놀렸다.

"그래. 그래도 너만큼 겁나겠냐. 너도 아빠가 알까 봐 무섭잖아."

디에고가 웃으면서 대답했다.

디에고와 만도는 서로를 놀리면서 조금 긴장이 풀렸다. 잠시 뒤, 남자들이 둘 앞에 나타났다.

만도가 벌떡 일어섰다. 만도가 호리호리한 남자에게 고개를 끄덕이며 말했다.

"이쪽은 파올로. 형님이 감옥의 신발 가게에서 일해. 그리고 이쪽은 록."

"애가 친구냐?"

록이 인사도 하지 않고 만도에게 물었다.

디에고는 일어서서 손을 내밀었다.

"난 디에고예요. 일을 줘서 고마워요."

"너무 작잖아."

파올로가 디에고 손을 무시하고 말했다.

"작지 않아요!"

디에고는 무슨 일을 하는지도 모르고 소리를 질렀다.

"작지만 아주 강해요. 나도 두들겨 패는데요."

만도가 말했다.

"너 정도는 내 여동생도 패겠다. 그래, 너만 골치 아파지겠지. 너희 때문에 힘들어지면 악어 밥으로 던져 줄 거야. 다른 애들은 어디 있어?"

록이 말했다.

"다른 애들요?"

만도가 물었다.

"감옥에 있는 애들 셋에게도 말했는데…….. 에이, 기다리지 말자. 이봐, 너희!"

록이 본드를 불고 있던 세 소년을 불렀다. 소년들이 초점 없는 눈으로 올려다보았다.

"우리랑 같이 가자. 돈을 벌게 해 줄게."

록의 말이 소년들의 뇌에서 발로 전달되기까지는 한참이 걸렸다.

"쟤들은 상태가 심하잖아."

파올로가 말했다.

"저 정도면 괜찮아. 애들아, 가자. 꼬마, 저 애들을 데려와."

두 남자는 돌아서더니 재빨리 걸었다. 만도도 처지지 않고 따라 갔다. 디에고는 소년들을 떠밀며 쫓아가는 동안 본드 냄새를 맡지 않으려고 애썼다. 소년들이 가겠다고 했는지는 확실치 않았다. 하지만 소년들은 돈을 쓸 줄 알 것이고 앞으로 무슨 일이 닥치든 지금보다 나쁘지는 않을 것이다.

"너희, 운 좋다."

디에고가 소년들에게 말했다.

"좀 줄까?"

한 소년이 디에고에게 본드 통을 건넸다. 디에고는 고개를 젓고 손으로 밀쳐 냈다.

앞서던 두 남자가 광장에서 몇 구역 떨어진 작은 거리에 있는 높은 철문 앞에 멈춰 섰다. 한 명이 통자물쇠를 열어 쇠줄을 풀고는 한쪽 주차장 문을 열었다. 디에고가 다른 쪽 문을 열어 고리로 고정해 두었다. 쓸모 있게 굴면 남자들은 곧 디에고의 작은 몸집에 신경 쓰지 않을 것이다.

"뒤에 타라."

남자가 픽업트럭 쪽으로 고개를 까닥였다. 만도와 세 소년이 트럭에 올라탔다. 만도가 디에고에게 한 손을 뻗었지만 디에고가 고개를 저었다.

"트럭이 빠져나간 뒤에 저 문을 잠가야지."

트럭이 천천히 좁은 거리로 나아갔다. 디에고는 문을 닫고 통자물쇠를 잠근 다음 트럭 위로 뛰어올랐다. 그리고 운전석 지붕을 두어 번 두드려서 자신이 트럭에 탔음을 알렸다. 이제 트럭은 달리기 시작했다.

"어이, 거물."

만도가 활짝 웃으면서 말했다. 디에고도 활짝 웃었다.

디에고는 여벌의 옷이 들어 있는 책가방을 찾다가 광장의 분수

벽에 기대어 놓은 것을 기억했다.

"가방을 잃어버렸어!"

디에고가 만도에게 말했다.

"그래서 뭐? 돈을 벌면 새 옷을 열 벌도 넘게 살 수 있을 거야."

디에고는 그 말이 마음에 들었다.

'새 가방. 새 옷. 새로운 것들. 빚을 모두 갚고도 남는 돈.'

쏟아지는 햇볕 아래 모험을 찾아 왕처럼 차를 타고 떠나는 건 기분 좋은 일이었다. 트럭이 코차밤바 거리들을 지나면서 이리저리 방향을 바꾸는 동안 소년들은 트럭에 그리고 서로에게 몸을 부딪쳤다. 트럭은 감옥과 두 구역도 떨어지지 않은 곳을 달렸다. 디에고는 가슴이 탁 트이는 것을 느꼈다. 살아 있는 것은 멋졌다. 대단한 일을 하기 위해 떠나는 것은 멋졌다. 이 주일 동안 교도관도, 점호도, 냄새나는 변기도, 딸각대는 뜨개바늘 소리도, 엄마의 화나고 실망한 침묵도 없다는 것도 멋졌다.

트럭은 도시 뒤쪽의 언덕들을 오르고 작은 판잣집들을 지나, 두 팔을 벌려 도시를 축복하는 크고 하얀 예수상보다 더 높이 올라갔다. 디에고는 언덕들에 에워싸인 그릇 모양의 코차밤바를 내려다보았다. 디에고는 엄마, 아빠가 체포된 뒤 저 그릇 속으로 검은 경찰 트럭을 타고 왔고 지금껏 그곳을 빠져나오지 못했다.

한편으로 디에고는 살짝 겁이 났다. 트럭 바퀴가 한 번 돌아갈 때마다 가족과 점점 멀어지고 있었다.

"이 주일 안에 돌아올 거야."

엔진 소음 속에서 디에고가 중얼거렸다.

그때 만도가 토피 사탕을 던졌다. 둘은 사탕을 씹으며 경치를 내다보았다. 다시 기분이 좋아지기 시작했다.

해가 바로 머리 위에 떠 있었다. 몇 시간 동안 달리던 트럭은 길가 작은 음식점에 멈췄다. 치차와 소다수와 스튜가 나왔다. 디에고는 주머니의 돈이 모자라지는 않을지 걱정했지만 남자들이 돈을 모두 치렀다. 디에고는 그 모습을 보고 여행이 더 좋아졌다. 만도와 세 소년은 스튜를 먹고 치차를 마셨다. 디에고는 대신 오렌지 소다수를 마셨다.

점심을 먹은 뒤 남자들은 조금 쉬고 싶어 했다. 그들은 그늘에 몸을 뻗고 누웠다. 만도와 세 소년도 잠들었지만 디에고는 자지 않았다. 남자들이 일어났을 때 자고 있으면 왠지 데려가지 않을까 봐 두려웠다. 음식점 주인에게는 어린아이들이 몇 있었다. 디에고는 자는 대신 아이들과 놀기도 하고 음식점 아주머니와 이야기를 나누기도 했다. 잠깐 동안 예전으로 돌아간 것 같았다.

다시 트럭이 달리기 시작했다. 바위와 붉은 흙이 수풀과 잡목에 밀려나면서 풍경이 바뀌기 시작했다. 디에고는 눈을 뜨고 있으려 했지만 밤에 잠을 자지 못한 데다 뜨거운 태양과 흔들리는 트럭

탓에 금세 잠이 들었다.

트럭이 다시 멈췄을 때 디에고는 잠에서 깼다. 바위투성이의 노란 알티플라노 언덕들은 사라지고 풀과 나무와 안개가 자욱했다. 디에고는 자신이 완전히 다른 세상에 와 있다는 것을 깨달았다.

새로운 세상

"비었어."

지저분한 본드 소년이 자기처럼 지저분한 플라스틱 통을 디에
고 코밑으로 들이밀었다. 통은 비어 있었다.

"그건 나쁜 거야. 네 뇌를 망가뜨려. 학교에서 배웠어."

디에고가 말했다.

"비었어."

소년이 다시 말했다. 얼굴이 너무 슬퍼 보였다. 소년은 붉어진
눈으로 디에고에게 자신의 문제를 해결해 달라고 애원했다. 다른
두 소년은 디에고에게 몸을 부딪쳤다. 디에고는 풀을 뜯으면서 서
로에게 몸을 부딪치는 아기 염소들이 떠올랐다.

"이름이 뭐야?"

디에고가 물었다.

다행히 소년은 질문에 대답할 수 있었다.

"로베르토. 애는 내 동생 줄리오."

줄리오가 더 작았다. 아마 얼굴의 먼지를 닦아 내면 서로 닮은 모습이 나타날 것이다. 키가 크고 마른 남자아이는 몸을 조금 떨더니 트럭 옆쪽에 토하기 시작했다.

"쟤는 도밍고야."

로베르토가 다시 본드 통을 들이밀면서 말했다.

"비었어."

"누가 트럭을 청소해야겠어. 꼬마야, 네가 해라. 넌 뭔가 보여 주고 싶어서 안달이잖아."

파올로가 고개를 돌려 디에고에게 소리를 지르더니 트럭 문을 쾅 닫았다.

디에고는 트럭에서 내렸다. 긴 여행으로 다리가 후들거렸다. 디에고는 흘러내리는 도밍고의 토사물을 어떻게 치울지 만도 쪽을 쳐다보았다. 하지만 만도는 강하고 믿음직한 척하느라 정신이 없었다. 디에고는 만도가 감옥에서도 종종 그러는 것을 본 적이 있다.

디에고는 도밍고에게 떠넘길까 잠깐 생각했다. 어차피 도밍고가 토한 거니까. 하지만 도밍고와 두 본드 소년은 몸을 비틀대며 아주 불안해 보였다. 게다가 디에고는 택시였다. 맡은 일을 잘 해

내야 했다.

록과 파올로는 소년들을 못 본 척하고 마을에서 사람들과 이야기를 나누고 있었다. 디에고는 다리에 피가 통하게 하고 거기가 어디인지도 알아보기 위해 조금 걸어 다녔다.

보이는 것은 온통 초록이었다. 하늘도 초록 안개에 덮여 있었다. 자신들은 지금 초록 언덕들에 에워싸인 작은 골짜기에 있었다. 트럭이 달려온 길은 흙길이었다. 웅덩이가 잔뜩 파인 그 길을 달리는 동안 어떻게 잠을 잤는지 스스로 신기하기만 했다.

디에고는 언덕들 사이에 있는 집들을 보았다. 그런 집은 한 번도 본 적이 없었다. 집들은 땅이 아니라 기둥 위에 서 있었다. 코차밤바와 전에 살던 고향 집처럼 돌과 시멘트가 아니라 나뭇가지와 이파리, 억새로 지어졌다. 여자들은 마당에 피워 둔 조리용 불을 살피고 있었다. 노인과 아이들은 집 아래 테이블에 앉아 있었다. 모두들 무심하게 디에고를 쳐다보았다.

디에고는 마을 사람들에게 다가가 불 주위에 놓인 플라스틱 양동이를 들고 스페인어를 몇 마디 해 보았다. 아무 대답이 없었다. 디에고는 양동이를 빌려 달라는 말을 할 수 있을 만큼 아이마라어는 잘하지 못했다. 그래서 몸짓으로 토하고 닦아 내는 흉내를 냈다. 노인과 아이들은 웃으면서 나무숲 옆의 연못을 가리켰다. 디에고는 트럭에 물을 뿌리고 양동이를 돌려주었다. 낯선 사람들을 웃기고, 맡은 일까지 해내서 기분이 좋았다.

디에고는 만도를 찾았다. 만도는 나무 그늘에 본드 소년들과 앉아 있었다.

"이제 뭐 하지?"

"내가 어떻게 알겠어?"

만도가 대답했다.

작은 마을은 코차밤바보다 더웠다. 디에고는 갑자기 목이 말라서 티엔다(식료품과 간단한 생활용품을 파는 작은 가게)로 들어갔다. 소년들이 따라왔다.

여자가 작은 가게를 지키고 있었다. 디에고가 여자에게 인사했다.

"크구아카?"

오렌지 소다수 병을 가리키며 감옥에서 배운 약간의 아이마라어로 물었다. 소다수 병은 물 양동이에 시원하게 담겨 있었다.

"파야."

여자가 말했다. 2볼리비아노였다.

디에고는 뒤에 있는 소년들을 돌아보았다. 옷을 보아 하니 돈이 한 푼도 없을 것 같았다.

"큄사."

디에고는 손가락 세 개를 펴 보이며 말했다. 그리고 6볼리비아노를 건넸다. 그래도 아직 돈이 조금 남아 있었다.

"우리 나눠 마시자."

"고마워, 거물."

만도는 디에고가 건네는 소다를 한 모금 마셨다. 디에고는 세 소년에게 소다수 두 병을 건넸다.

소년들은 그늘에 앉아 병들을 주고받으며 소다수를 마셨다. 디에고는 계속 만도를 바라보았다. 나이가 많은 만도가 책임을 맡아야 하는데 그러지 않았다. 만도는 손바닥으로 벌레를 찰싹찰싹 때리며 언덕을 올려다보았다. 어쩌면 만도가 있던 남자 감옥은 여자 감옥과 달랐을지도 모른다. 하지만 디에고는 여자 감옥에서 엄마의 위원회에 참석해 무엇이 중요한지를 배웠다.

"여기는 우리 모두에게 새로운 곳이야. 우리는 서로를 모르지만 서로를 위해 조심하면……."

디에고가 말을 하다가 목소리가 잦아들었다.

본드 소년들은 머릿속이 너무 멍해서 대화에 끼지 못했고, 만도는 불안하지 않은 척하느라 정신이 없었다.

디에고는 걱정하지 않기로 했다. 다들 자기보다 크기는 했지만 약자를 괴롭힐 것 같지는 않았다. 설령 괴롭힌다고 해도 디에고는 이미 감옥에서 엄마, 아빠가 그런 사람들을 어떻게 대하는지 보았다.

"더 강해지려고 하지 마. 대신 네가 약하다는 생각을 못 하게 해. 당당해져. 약자를 괴롭히는 사람들은 당당한 사람한테는 어쩌지 못하고 그냥 내버려 두거든."

아빠는 항상 말했다.

디에고는 본드 소년들이 머리가 맑아져서 말썽을 부리더라도 잘 헤쳐 갈 수 있다고 확신했다.

"엉덩이 깔고 앉아 있으라고 너희를 여기까지 데려온 줄 알아? 일을 해야지."

파올로가 소리쳤다.

소년들은 모두 일어섰다. 디에고와 만도는 벌떡, 세 소년은 비틀비틀 일어섰다. 모두 남자들이 서 있는 트럭으로 향했다. 디에고는 빈 병들을 모아서 가게 여자에게 전해 주었다.

"꼬마 신사가 따로 없네. 이런 시시한 일을 하기에는 교양이 너무 넘치는 거 아냐?"

록이 말했다.

디에고가 활짝 웃으면서 근육을 보여 주었다. 그렇게 웃기지는 않았지만 모두 웃었다. 심지어 두 남자도.

"세 시간 뒤면 해가 진다. 어서 서둘러."

파올로가 말했다.

모두 트럭에 올랐다. 디에고가 일어서서 트럭 지붕을 잡았다.

자신들이 어디에 머물렀는지, 지금 어디로 가고 있는지 알고 싶었다. 트럭은 길 같지도 않은 길로 접어들었다. 하지만 중요하지 않았다. 옆에는 친구가 있었다. 디에고는 길을 따라 늘어진 나뭇잎들이 얼굴을 때리는데도 어딘가로 간다는 기쁨에 웃고 또 웃었다.

잠시 뒤, 트럭은 빈터에 멈췄다. 농부들이 크고 얇은 천 위에 코카 잎을 널어 햇볕에 말리고 있었다.

"집에 온 것 같아. 우리 엄마, 아빠도 저렇게 했어! 나도 저 일을 도왔어."

디에고가 만도 팔을 잡으며 말했다.

디에고는 일을 하는 동안 코카 잎을 팔아 신발, 교과서, 따뜻한 담요, 닭 중에 무엇을 살지 이야기 나누던 즐거운 한때를 떠올렸다. 디에고는 엄마를 도와 코카 잎을 펼쳐 널었고, 아빠는 시장에 내갈 잎들을 자루에 담는 더 힘든 일을 했다.

이제 디에고가 그 힘든 일을 하고 있었다. 있는 힘껏 일을 했다. 만도도 따라 하려고 했지만 많이 서툴렀다. 본드 소년들은 형편없었다.

"빨리, 더 빨리 해! 해가 진다고!"

록이 계속해서 소리를 질렀다.

디에고와 소년들은 속도를 내서 잎들을 자루에 담은 다음, 트럭으로 던져 올렸다. 코카 잎 더미가 점점 높아졌다. 본드 소년 도밍고와 줄리오는 자루 더미 위로 올라갔고 다른 소년들은 아래서 자루를 던져 올렸다.

"여기 돈."

록이 주머니에서 돌돌 말린 두툼한 볼리비아노 뭉치를 꺼내더니 꽤 많은 액수를 떼어 코카렐로에게 건넸다. 디에고 눈이 저녁 접시만큼 커졌다. 록은 나머지 돈을 주머니에 넣다가 디에고를 보았다.

"이 돈이 갖고 싶냐?"

록이 디에고에게 다가오면서 지폐 뭉치를 내밀었다. 그리고 디에고 얼굴에 돈 뭉치를 눌러 댔다.

아무도 움직이지 않았다. 새들도 노래를 멈춘 것 같았다.

"자, 한번 잡아 봐. 아니면 한밤중에 훔칠 생각이라도 했나?"

"그냥 당신의 성공이 부러워서요."

디에고가 차분하게 말하며 록의 얼굴을 똑바로 쳐다보았다. 시선을 피한다면 록을 두려워한다는 사실을 들키고 말 것이다. 약자를 괴롭히는 사람에게는 결코 두려움을 드러내면 안 된다.

록은 돈 뭉치로 디에고 코를 찰싹 때렸다.

"영리한 소년이군. 우리한테 영리한 소년은 필요 없는데. 등과 다리가 튼튼한 멍청한 소년이 필요하지."

록은 돈을 주머니에 다시 넣으며 소리쳤다.

"내 이름은 록이야. 나를 배신하면 내 이름에 맞게 네 머리를 바위처럼 박살내 주겠어. 자, 출발!"

"바위? 자갈 같은데?"

만도가 디에고에게 속삭였다. 남자 감옥에는 남자다움을 뽐내는 농담이 많았다.

트럭은 처음 들렀던 빈터로 다시 돌아왔다. 언덕 뒤로 해가 지고 있었다. 정글 벌레들의 울음소리에 귀가 먹먹했다. 디에고는 그런 어둠에 익숙하지 않았다. 감옥에는 마당과 복도에 불이 항상 켜져 있었다.

이 작은 골짜기에는 집집마다 켜진 조리용 불과 등유 램프가 유일한 불빛이었다. 힘든 노동으로 몸이 쑤셨다. 긴 하루였다. 얼른 자고 싶었다.

"밤은 어디서 보내나요?"

디에고가 물었다.

"정글에서, 영리한 소년."

록이 말했다.

"모두 자루를 하나씩 잡아."

"정글에서요?"

디에고는 알아듣지 못했다.

"그냥 시키는 대로 해. 그들에게는 돈이 있어."

만도가 속삭였다.

디에고는 이해되지 않았지만 순순히 따랐다. 어제 밀가루 자루를 나르면서 자루를 어떻게 옮기는지 배웠다. 디에고는 트럭에 뒷걸음질로 다가가서 자루를 등에 걸치고 그대로 걸어 나왔다. 코카잎 자루가 등을 때렸다. 하지만 밀가루 자루에 비해 클 뿐 무겁지는 않았다. 다른 소년들도 디에고를 따라 했다.

록이 숲 쪽으로 고개를 끄덕였다.

"좋아, 염소 가까이는 가지 마라. 영리한 소년, 네가 앞장서. 너라면 뱀이 겁을 먹고 도망칠 거야."

집들 옆으로 펼쳐진 풀밭에 길이 나 있었다. 길은 숲으로 이어졌다.

"덤불로 들어가."

록이 명령하고는 다른 남자들과 뒤에 섰다.

"뭐라고요? 어디로요?"

"길이 나올 거야. 어서 가. 우리는 할 일이 있어."

디에고는 움직이지 않았다. 길이 보이지 않았다.

"우리 돈이 탐나지, 영리한 소년? 그러려면 벌어야지."

록이 낮게 드리워진 나뭇가지를 잡아당겼다. 흐린 달빛 아래로 언뜻 좁은 길이 보였다.

"가."

록이 명령했다.

'뱀이 있다고 했지.'

디에고는 생각하며 앞으로 나아갔다.

정글의 구덩이

두 시간 동안 거의 앞이 보이지 않는 채로 걸었다. 원숭이들의 끔찍한 비명 소리와 청개구리 떼의 울음소리가 어둠 속에서 들려왔다.

디에고는 정글에 와 본 적이 없었다. 예전에는 구릉지에서 살았고 그다음에는 도시에 있는 감옥에서 살았다. 도시는 밤마다 알전구가 타오르고 여자와 아이들이 울부짖고 교도관들이 고함을 지르고 열쇠가 철컹거렸다. 싫지만 익숙한 것들이었다.

하마터면 감옥으로 돌아가고 싶다고 생각할 뻔했다.

"만도, 거기 있어?"

"바로 뒤에 있어, 거물."

"이게 무슨 일인지 알아?"

"아니, 그래도 어쨌든 돈 버는 일이잖아. 힘들어?"

"아니, 네가 힘들까 봐."

디에고는 코카 잎 자루를 고쳐 들었다.

"음, 너희 아빠한테 네가 정글에서 뭔가에 잡아먹혔다고 전하고 싶지는 않아."

"넌 우리 아빠한테 아무 말도 전하지 않아도 돼. 네 몸을 작은 꾸러미로 만들어 너희 엄마에게 전해 줄 테니까."

"아직 살아 있냐, 영리한 소년?"

록이 줄 뒤쪽에서 불렀다.

"살아 있어요. 그런데 어디로 가야 하는지 모르겠어요."

디에고가 소리쳤다.

"그냥 길만 따라가."

"이 길이 맞는지 내가 어떻게 알아요? 여기서 갈라진 다른 길을 본 것 같아요. 내가 앞장서도 괜찮아요?"

디에고가 물었다.

"뭐? 기다려. 다들 멈춰."

디에고는 록이 줄지어 선 소년들과 짐들을 헤치고 다가오는 소리를 들었다.

"다른 오솔길을 봤다고?"

"그런 것 같아요. 잘 보이지 않아요. 왜 손전등이 없어요?"

디에고가 물었다.

"왜라고 생각해, 영리한 소년?"

'당신이 너무 멍청해서.'

하지만 디에고는 진짜 이유를 알고 있었다. 마약 생산자와 밀수 업자들을 찾아 순찰을 도는 볼리비아 군인들을 피하느라 그런 것이었다.

정글의 공기는 후텁지근하고 갑갑했지만 온몸에는 냉기가 지나갔다.

"이 길이 맞아. 틀림없어. 낮에 이 길로 여러 번 와 봤거든. 별로 똑똑하진 않은데, 영리한 소년?"

록이 비웃었다.

"네."

록이 앞장서서 걷기 시작했다. 디에고와 소년들은 그 뒤를 따라갔다. 그때, 본드 소년이 훌쩍이기 시작했다. 뒤쪽의 남자들이 입을 다물라면서 소년을 세게 밀쳤다. 그 바람에 다른 소년들도 모두 앞으로 떠밀렸다.

자루가 점점 무거워져서 힘이 들었다. 어깨에 쥐가 나기 시작했다. 만도와 소다수를 나눠 마신 것이 백만 년 전의 일 같았다.

최악은 벌레들이었다. 두 손으로 자루를 잡느라 얼굴에서 쓸어 내거나 쫓아낼 수 없었다. 모기들이 살을 물어뜯으며 귓가에서 웽웽거리고 작은 벌레들이 눈으로 달려들어 눈물이 났다.

소년들이 어딘가가 나오리라는 희망을 버린 바로 그 순간, 정글 길이 넓어지더니 작은 빈터가 나타났다. 이미 몇 명의 남자가 방수포 아래 테이블에 앉아 있었다. 방수포에 매달린 랜턴 몇 개가 빈터를 흐릿하게 비추었다.

"집에 온 걸 환영한다."

록이 말했다.

소년들은 코카 잎 자루를 떨구고는 팔과 어깨를 둥글게 말았다. 뱀이 있든 없든 땅에 쓰러져 자고 싶었다.

"구덩이를 파야 해."

록이 말했다.

"좀 쉬면 안 돼요? 아주 잠깐만요."

디에고가 말했다.

"구덩이를 파기 싫으면 코차밤바로 돌아가라, 감옥 소년."

디에고는 자기가 언제 영리한 소년에서 감옥 소년이 되었는지 의아했다.

"마실 거 있어요? 물을 마시면 일을 더 잘할 거예요."

만도가 물었다.

남자 한 명이 손가락으로 빈터 끝 쪽을 가리켰다. 만도가 뚜껑이 덮인 통을 찾아냈다. 소년들은 차례로 물을 마셨다. 물을 마시자 좀 살 것 같았다.

"괜찮아?"

디에고가 로베르토에게 물었다. 로베르토는 정글 한가운데 들어와 있는 것에 누구보다 당황한 것 같았다.

"우리가 왜 여기 있는 거야? 난 여기 있기 싫어."

로베르토가 물었다.

"음식을 좀 달라고 해야겠어."

디에고가 말했다.

"괜히 일을 망치지 마."

만도가 말했다.

"배고파서 음식을 달라는 건 일을 망치는 게 아냐."

디에고가 말을 하는데 록이 끼어들었다.

"영리한 소년! 다들 일하라고 해. 아니면 아나콘다에게 던져 줄 거야!"

"아나콘다가 뭐야?"

만도가 속삭였다.

"커다란 뱀이야."

디에고가 소년들을 물통에서 떼어 내며 말했다.

남자 두 명이 방수포를 쳤다. 작은 랜턴도 밝혔다.

"삽질 시작!"

록이 삽을 나눠 주었다. 남자들은 구덩이를 얼마나 크게 팔지

이야기했다. 남자들이 이야기를 마치고 땅에 금을 긋자, 소년들이 땅을 파기 시작했다.

땅은 부드러웠다. 피곤하지 않았다면 더 빨리 구덩이를 팠을 것이다.

"천천히 해라. 너희가 자든지 말든지 우리는 상관없으니까."

록이 빈정거렸다.

"이번에는 애기들을 데려왔네."

한 남자가 말했다.

"쓰레기 중의 쓰레기들이지. 싼값에 일하고 입은 꾹 다물 거야. 얘만 빼고."

록이 한 줌의 흙을 디에고 머리에 뿌렸다. 디에고는 움찔했지만 계속 땅을 팠다.

"얘는 계속 반항한다니까. 여기서는 그게 별로 도움이 되지 않을 텐데. 안 그래?"

디에고는 계속 땅을 팠다. 세로 3미터, 가로 1.2미터, 깊이 0.6미터의 구덩이를 팠다. 디에고는 머릿속의 공책에 입방체를 그려 보았다. 시간을 보내는 데 도움이 되었다.

소년들은 잠깐 앉아 쉬었다. 줄리오는 디에고 어깨에 기대어 잠이 들었다. 볏짚단만큼도 무게가 나가지 않았다. 디에고는 자지 않고 남자들을 지켜보았다. 남자들은 커다란 비닐을 구덩이에 집어넣어 구덩이를 감싼 다음 땅 위로도 0.6미터쯤 솟아오르게 했다.

"영리한 소년, 친구들이랑 구덩이에 잎들을 집어넣어."

디에고는 조심스럽게 몸을 움직여서 줄리오를 땅에 눕히고 일어섰다.

"내 이름은 디에고예요."

"내게 네 이름을 알리지 않는 게 좋을 텐데? 일단 뭔가가 여기 들어오면 결코 빠져나가지 않거든."

록이 자기 머리를 두드리며 말했다.

디에고는 지금 자신이 무슨 일을 하고 있는 건지 몰랐다. 하지만 만도의 말처럼 돈을 벌 것이다. 그것만이 중요했다. 디에고와 만도는 코카 잎 자루들을 풀어 구덩이에 쏟았다.

남자들이 말다툼을 하기 시작했다.

"코카 잎 세 자루에 등유 두 통이야."

"아니, 틀렸어. 저번에는 그렇지 않았어. 오늘 밤에는 세 자루가 아니라 다섯 자루고."

"큰 통이었어? 아니면 저 통들? 그리고 물과 황산은 얼마나 들어갔지?"

"그냥 스미스를 기다리자. 괜히 일 망치지 말고."

"스미스를 기다리자고? 안 돼. 우리가 작업 중이기를 바랄 거야. 야, 이거 멋진데? 모든 것이 준비되었는데 아무도 비례를 모르다니."

록이 비아냥거렸다.

"비례는 비율이에요."

디에고는 머리가 조용히 하라고 말하기도 전에 입이 먼저 움직였다.

"그게 뭐지, 영리한 소년? 네가 지금 우리 사업에 대해 말하는 거냐?"

만도가 입을 다물라고 디에고 팔에 손을 올렸지만 디에고는 이야기를 계속했다.

"비율은 분수고, 나는 분수를 잘해요."

"네가 나보다 똑똑하다고?"

"사람들이 학교에서 분수를 배우는 시간에 당신은 더 중요한 일이 있었겠죠."

록은 두 걸음 만에 디에고에게 다가오더니 디에고 얼굴을 때렸다.

디에고는 아프기는 했지만 놀라지는 않았다. 버텼다. 약자를 괴롭히는 사람에게는 결코 두려움을 드러내면 안 된다.

"그만해. 우리는 할 일이 있어. 꼬마야, 여기 와 봐. 이게 뭔지 알겠니?"

남자는 손전등 아래로 구겨진 종이를 내밀었다. 디에고는 엉망으로 갈겨쓴 단어와 숫자들을 보았다. 아이가 시험 중에 보는 커닝 쪽지 같았다. 디에고는 한참 종이를 들여다보았고 마침내 이해하기 시작했다.

"종이랑 펜 있어요?"

디에고가 물었다.

"아, 그래. 우리 집 컴퓨터 바로 옆에 있지."

록이 으르렁거렸다. 다른 남자가 주머니에서 작은 공책과 펜을 꺼내 디에고에게 건넸다.

'이건 퍼즐이야.'

디에고는 펜을 머리와 연결하고 계산을 시작했다.

"이거예요."

마침내 디에고가 답이 적힌 공책을 건넸다.

"어디 보자!"

록이 공책을 낚아채더니 마치 머릿속으로 계산을 다시 하는 것처럼 얼굴을 찡그렸다가 말했다.

"그래, 맞는 것 같아."

다른 소년들은 잠에서 깨어나 킥킥거렸다. 하지만 디에고는 진지한 얼굴이었다. 어리석은 사람들은 위험했다.

"뭘 좀 먹을 수 있을까요? 아까 사 준 스튜는 정말 맛있었지만 벌써 한참 지났잖아요."

디에고가 예의 바르게 물었다.

"음식보다 더 좋은 걸 주지. 고마워하라고. 너희처럼 형편없이
사는 것들은 꿈도 꾸지 못할 거니까."

록이 담배 가루와 껌 같은 것을 섞어서 담배를 마는 동안 소년
들이 주위에 몰려들었다. 만도도 들떠 있었다.

"난 밥과 콩을 먹고 싶어요."

디에고가 말했다.

"그러면 그 대단찮은 계산을 해 주기 전에 흥정을 했어야지. 피
우든지 말든지. 하지만 아침이 밝기 전까지 너희는 할 일이 많고
우리는 게으름뱅이에게 음식을 낭비하지 않아."

록이 말했다.

소년들은 연기를 들이마시고는 기침을 하면서 비틀거렸다. 하
지만 아직은 서 있었다.

"자, 디에고. 이것에 대해 들은 적이 있어. 이걸 피우면 열 사람
의 힘을 얻게 된대."

만도가 디에고에게 담배를 건넸다. 디에고는 손에 잡힌 담배를
보았다.

"흡연은 좋지 않아."

디에고가 말했다.

"엄마한테 걸릴까 봐 겁먹은 거예요."

만도가 놀리자 디에고는 칼에 베인 느낌이었다.

디에고는 속으로 만도 때문이 아니라고 중얼거리면서 랜턴으로 담배에 불을 붙였다. 담배를 한 모금 빨아들이자 폐와 목구멍이 화끈거렸다. 이런 끔찍한 걸 준 남자들을 주먹으로 때려 주고 싶었다. 그러다 기분이 좋아지기 시작했다.

'내가 이상해졌나?'

디에고는 또 한 모금을 피우고, 또 한 모금을 피웠다. 배고픔은 먼 기억이 되었고 심지어 전혀 기억나지 않았다. 몸은 고통이 아니라 힘으로 달아오르기 시작했고 정신은 장엄한 생각들로 재빨리 채워졌다. 머릿속의 공책이 펄럭펄럭 넘어갔다. 디에고는 공책에 계산이 가득한 것을 보았고 그 모두를 이해할 수 있었다.

"여기 구덩이로 와, 애들아."

디에고는 신발을 벗고 바짓가랑이를 끝까지 걷어 올렸다. 디에고는 강한 손들에 붙들린 채 구덩이 가장자리를 넘어갔다. 코카 잎과 화학 약품 속에서 발이 미끈대자 웃음이 나왔다.

"넘어지면 안 돼."

디에고가 만도, 아니면 도밍고에게 부딪히자 누군가 말했다.

"너희가 춤을 얼마나 잘 추나 보자."

어디선가 음악이 흘러나왔다. 코차밤바의 게임방에서 들었던 것과 같은 요란한 음악이었다. 음악이 몸으로 들어와 발을 위아래로 움직이자 코카 잎과 화학 약품이 일렁였고 머리는 냄새와 자극으로 채워졌다.

시간이 사라졌다. 노래가 또 다른 노래로 매끄럽게 섞여 들었다. 다리는 힘들이지 않아도 계속해서 움직였다. 디에고는 보이지 않는 꼭두각시 조종자에 의해 위아래로 당겨지는 다리를 보고 웃고 또 웃었다. 또 다른 담배가 입술에 물려지자 새로운 힘이 몸을 휩쓸고 지나갔다. 과거도 미래도 없었다. 발밑에서 으깨지는 코카 잎뿐이었다.

어느덧, 아침이었다.

"날이 밝아 오는데……."

한 남자가 말했다.

"여기는 잘 위장되어 있어. 코카 잎은 오래 밟을수록 질도 좋아지잖아. 계속해."

다리는 더 이상 가볍게 움직이지 않았다. 머리는 무겁고 온몸이 아팠다.

"담배를 더 주시겠어요?"

한 소년이 말했다.

"춤춰."

디에고는 그냥 구덩이에서 행군하듯 걸었다. 다른 뭔가를 하면 훨씬 많은 에너지를 빼앗길 테니까. 남자들이 물을 한 잔씩 돌렸다. 물을 마시고 다시 행군을 시작했다.

마침내 소년들은 구덩이에서 나올 수 있었다. 남자들이 소년들을 구덩이에서 들어냈다.

"너희가 발을 헛디뎌서 이걸 흘리면 안 되거든."

디에고는 땅 위에 올라와 다른 소년들 곁으로 갔다.

"익숙해질 거야. 다들 그랬으니까."

록이 말했다.

남자들은 잠깐 동안 구덩이 안을 들여다보면서 뭔가를 의논했다. 디에고는 나무에 기대어 눈을 감았다. 속이 매스꺼웠다. 모든 것이 못마땅했다. 뭔가가 다리를 간지럽혔다. 디에고는 긁으려고 손을 뻗다가 비명을 질렀다. 커다란 벌레가 다리를 기어오르고 있었다. 여태껏 그렇게 큰 벌레를 본 적이 없었다. 디에고는 비명을 지르며 벌떡 일어서서 다리를 흔들었다.

남자들이 웃었다. 만도가 손을 뻗어 디에고 다리에서 벌레를 떼어 냈다.

"내가 또 네 목숨을 구해 줬네."

만도가 덤불로 기어 들어가는 벌레를 지켜보면서 말했다.

"소녀가 되어 버렸군."

록이 비웃었다.

"그냥 놀란 거예요. 진짜로 본 적은 없거든요."

디에고는 그 벌레가 무엇인지를 깨닫고는 침착해졌다.

"장수풍뎅이예요. 해롭지 않아요. 과학 시간에 배웠어요."

디에고는 잎들을 보다가 풍뎅이를 발견하고는 가슴을 잡아 올렸다. 풍뎅이는 자기 손만 했다. 거대한 검은 다리들과 아래턱이 허공에서 흔들렸다. 녀석은 정말 아름다웠다.

록은 디에고 손을 찰싹 때려 벌레를 떼어 냈다. 풍뎅이는 땅바닥에 등으로 떨어지더니 미친 듯이 발을 버둥거렸다. 록이 라이플을 쏘았다. 디에고는 요란한 라이플 소리에 자기 몸이 튀어 오르는 것 같았다.

"너는 볼리비아에서 가장 이상한 소년이야. 다시 일을 시작해. 저 잎들을 건져서 꽉 짠 다음에 모아 둬. 어서 움직여."

록이 말했다.

소년들은 발에서 흙을 씻어 내고 다시 구덩이로 들어갔다. 이번에는 구덩이 속에서 행군하는 대신 몸을 숙여 으깨진 코카 잎을 떼어 밖으로 던졌다. 소년들이 잎을 모두 건지자 남자들이 구덩이에 더 많은 화학 약품을 넣었다. 소년들은 손과 발로 화학 약품을 섞었다. 화약 약품은 살갗을 따갑게 찔러 댔다.

마침내 일이 끝났다. 남자들이 덩어리져 있는 끈적한 나뭇진을 모으기 위해 액체를 체로 거르는 동안 디에고와 소년들은 쉴 수 있었다.

"너희 중에 몇은 잘 지켜봐라. 내일은 너희가 이 일을 해야 하니까. 우리는 너희 일 말고도 할 일이 많거든."

록이 말했다.

끈적이는 물질은 작은 덩어리로 나뉘어 알루미늄 포일에 싸인 다음 테이블 위에 놓였다. 덩어리들은 작은 벽돌 크기였다. 디에고는 그것들을 알아보았다. 경찰이 버스에서 찾아냈던 바로 그것, 부모님 자리 아래에 테이프로 붙어 있던 바로 그것이었다.

디에고는 남자들을 도와 비닐 가장자리를 떠받치는 막대를 들어 올렸다. 수프처럼 생긴 화학 약품이 구덩이에서 주위의 냇물로 흘러 내려갔다.

"그다지 많지 않은데. 잎이 꽤 됐는데 녀석들이 제대로 밟은 거야?"

록이 포일에 싸인 덩어리를 들어 올리며 말했다.

"200킬로그램 코카 잎에서 반죽 1킬로그램밖에 안 나와. 코카인 1킬로그램을 만들려면 반죽이 2.5킬로그램이 있어야 하고. 그러면……. 꼬마야, 코카 잎이 얼마나 있어야 하지?"

한 남자가 물었다.

"500킬로그램이오."

디에고는 거의 생각도 하지 않고 답했다.

"500킬로그램이라. 네가 데려온 이 작은 도시 벌레들이 정글을 헤치고 그렇게 많은 잎을 운반할 수 있겠어?"

남자가 고개를 저었다.

"하라고 하면 하는 거지."

록이 말했다.

"애들을 봐! 살가죽과 뼈뿐이잖아! 네가 아무리 소리를 지르고 때려도 개미가 딱정벌레를 옮기지는 못해."

디에고는 개미가 자기 몸무게의 몇 배나 되는 무게를 옮길 수 있는지 이야기하려다가 입을 다물었다.

미국인 남자

디에고와 소년들이 마을의 티엔다에 들어가자, 나이 든 여자가 추페와 함께 그늘막 아래에 자리를 내주었다. 추페는 맛있었지만 본드 소년들은 바로 토해 버렸다. 로베르토는 아파 보였고 손은 바람에 나부끼는 나뭇잎처럼 파르르 떨렸다.

"쓸모없는 벌레들을 데려왔군."

남자가 록을 탓하며 치차를 들고 본드 소년들을 발로 툭툭 찼다. 나이 든 여자는 코카 차가 들어 있는 머그잔을 본드 소년들에게 쥐어 주었다.

"불쌍한 어린 새들."

여자가 말했다.

디에고는 너무 피곤해서 수프를 다 먹지 못했다. 곧바로 잠이 들 것이라 생각하고 그늘막 아래에 팔다리를 뻗고 누웠다. 하지만 몸이 따라 주지 않았다. 다리가 계속 씰룩거리고 기나긴 오르막에서 한없이 굴러떨어지는 느낌이었다.

간신히 잠들었을 때, 록이 발로 차서 깨웠다.

"일어날 시간이야, 영리한 소년. 다른 애들도 깨워. 자라고 돈을 주는 줄 알아?"

'그래도 버저를 울리지는 않잖아.'

디에고는 생각했다.

'그래도 머릿수를 세지는 않잖아.'

다른 아이들을 깨우려고 일어나는데 머리부터 발끝까지 아팠다. 본드 소년들은 통 일어나려고 하지 않았다. 디에고가 아무리 애써도 일어나지 않던 본드 소년들을 결국 일어서게 한 건 록의 발길질이었다.

오늘은 더 일찍 코카 잎을 모았고, 더 일찍 정글의 구덩이로 돌아왔다. 몇몇 농부가 소년들과 함께 오솔길을 따라 코가 잎 자루를 운반해 주었지만 빈터까지 들어가는 것은 허락되지 않았다. 소년들은 농부들이 날라 온 자루를 옮기기 위해 길을 되돌아가야 했다.

소년들은 다시 구덩이로 들어갔다. 디에고는 잠에서 깼을 때 속이 너무 좋지 않았기 때문에 자기 앞에 넘어온 담배를 그냥 다른 아이에게 넘겨주려고 했다. 하지만 담배를 피우면 일이 얼마나 쉬워지는지를 기억하고는 담배 연기를 깊게 들이마셨다. 담배가 활기를 되찾아 주면서 몸이 움직이기 시작했다.

다시 차례가 돌아오자 디에고는 폐 가득히 연기를 들이마셨다.

"마마보이가 자라고 있네."

만도 얘기에 디에고가 웃었다.

해가 떴을 때도 디에고는 여전히 활기 넘치게 화학 약품을 걸러 내고 있었다.

"이젠 제법 하는군. 밥 먹어도 되겠네."

록이 조금 커진 반죽 덩어리를 들고 말했다.

"밥도 먹고 돈도 주고요."

디에고가 말했다.

전날보다 잠자기가 더 힘들었다. 머리와 몸을 쉴 수가 없었다. 디에고는 자리에서 일어나 마을 주위를 걸었다.

이젠 택시 일을 하지도 않고, 문이 닫히기 전에 감옥으로 달려가지 않아도 된다는 것이 조금 우습게 느껴졌다. 차를 피할 일도 없고 불량소년들을 피할 일도 없었다. 온통 초록과 나무와 고요뿐이었다.

"감옥에서는 이런 것들을 볼 수 없어."

디에고는 너무 바쁘고 피곤해서 자유를 즐길 틈이 없었다. 하지만 지금부터는 모든 것을 살펴볼 것이다. 나중에 높은 돌담 안으로 들어갔을 때 기억할 뭔가를 남기기 위해서.

디에고는 마을 주위를 걷다가 책도 없이 수업을 하는 교실 하나짜리 작은 학교를 엿보았다. 개울가 돌 위에 앉아서 빨래를 두드리는 여자들과 수다도 떨었다. 그리고 마지막에는 티엔다로 돌아왔다.

"잠이 안 오니?"

나이 든 여자가 스페인어로 물었다. 여자는 디에고가 아이마라어를 잘 못한다는 것을 알고 있었다.

"그 사람들이 피우라고 준 것 때문이에요."

여자는 고개를 끄덕이더니 가게에 있는 코카 자루에서 잎을 하나 꺼냈다.

"이 잎은 내 조상인 아이마라족과 네 조상인 잉카족에게 이 땅의 어머니인 파차마마가 내려 준 선물이야."

여자는 잎을 디에고에게 건넸다. 디에고는 웃으며 받았다.

"우리 부모님도 코카를 길렀어요."

"그만뒀니?"

디에고는 여자 가까이 몸을 숙여서 속삭였다.

"부모님은 감옥에 있어요."

여자가 고개를 끄덕였다.

"남자들이 정글에 데려온 많은 소년들이 부모와 함께 지내지 않앉지. 부모가 감옥에 있거나, 아니면 다른 이유 때문에 말이야. 네가 코카에 대해 알고 있으니 다행이구나. 우리는 몇 백 년 동안 이 잎을 기르고 씹었어. 코카 잎은 우리 몸을 채워 주고 약이 되어 주지. 우리가 높은 산에 오를 때도 도움이 되고. 미국인들은 높은 산에서 숨도 쉬지 못하는데 말이야."

여자가 냄비의 뜨거운 물을 머그잔에 붓고 코카 잎 한 줌을 넣었다.

"마셔 봐. 마음을 차분하게 해 주고 잠이 오게 도와줄 거야."

디에고는 뜨거운 차를 후후 불어서 식혔다. 감옥에서 엄마는 디에고 몸이 좋지 않을 때 코카 차를 만들어 주었다. 익숙한 냄새가 위로가 되었다. 디에고는 여자의 말에 귀를 기울이면서 차를 홀짝였다. 여자는 사람들이 신과 직접 이야기할 수 있었던 조용하던 시절의 이야기를 들려주었다.

코카 차 덕분인지, 아니면 여자의 목소리 덕분인지 디에고는 깊은 잠에 빠져들었다. 일할 시간이 될 때까지 깨지 않았다.

며칠 동안 같은 날이 계속되었다. 일은 힘들고 기분은 나빴지만 남자들이 건넨 코카 담배는 시간을 빨리 지나가게 했다. 바쁘고 피곤하니 가족에 대한 걱정도 그리움도 쉽게 밀려났다. 일이 잘되어 가니 곧 돌아갈 수 있을 것이다. 돈을 가지고.

디에고는 매일 아침 마을에 가는 시간이 가장 좋았다. 만도와 본드 소년들은 아침을 먹은 뒤에 바로 쓰러졌지만 디에고는 오렌지 소다수를 사서 티엔다의 여자와 이야기를 나누거나 마을 아이들과 축구를 했다. 어떤 날은 어느 집에서 물을 길어다 주고 닭 모이를 주는 등 집안일을 거들었다. 그러면 자신이 평범하게 살고 있다는 기분에 행복하게 잠들 수 있었다.

"무슨 짓을 하는 거지, 감옥 소년?"

어느 날 아침, 마을 아이들과 술래잡기를 하고 그늘막 아래로 돌아오는데 록이 나타나 물었다.

"이제 자려고요."

"넌 마을을 뛰어다니는 대신 자고 있어야 해."

"그냥 친구들을 사귀는 거예요."

디에고가 말했다.

록이 디에고 팔을 움켜잡았다.

"우리 비밀을 퍼뜨리고 다니는 거지? 넌 우리 돈과 반죽을 훔치려 하고 있어. 그래서 널 도와줄 사람을 구하고 있어."

"놔줘요!"

"새 친구들이 너를 구해 줄까? 마을 사람들은 너 같은 애들을 수십 명은 봤어. 누가 자기들의 진짜 친구인지 안다고. 누가 그들의 코카를 사 주지? 누가 그들의 학교를 지었지? 우리의 돈이 그들을 침묵하게 하지."

록이 디에고를 밀쳤다. 디에고는 흙 속에 처박혔다. 하마터면 자고 있는 줄리오를 덮칠 뻔했다.

"다른 애들을 깨워. 캠프로 돌아갈 거야."

록이 명령했다.

디에고는 피곤에 지쳐 꿈속 멀리멀리 가 있는 소년들을 현실로 끌어내야 했다. 소년들은 너무 지쳐서 투덜대지도 못 한 채 코카 자루를 짊어지고 정글의 오솔길을 터덜터덜 걸어갔다. 더위와 벌레가 구름 떼처럼 몰려들었다. 줄리오가 발을 헛디디자 남자들이 똑바로 일으켜 세웠다. 한 걸음, 한 걸음, 내디딜 때마다 록의 얼굴이 험악해졌다.

캠프에 도착하자, 디에고는 당장 쓰러질 것 같았다. 본드 소년들은 코카 자루 바로 옆에 쓰러졌다. 디에고도 그 옆 바닥에 앉았다. 이제 더 이상 본드 소년들의 냄새가 거슬리지 않는다는 것을 깨달았다. 땀에 절어 샤워도 못 하고 옷도 못 갈아입은 지 일주일째라 자기한테서도 그만큼 고약한 냄새가 날 거라고 생각했다.

"감옥 소년, 청소 좀 해."

디에고는 록이 누구에게 말하고 있는지 정확히 알았다.

"왜 또 나예요? 왜 항상 나한테만 시켜요? 왜 다른 애들한테는……."

디에고는 납덩이같은 몸을 일으키며 주위를 둘러보았다. 본드 소년들은 팔다리를 벌리고 누워 있었다. 민도는 록 옆에 앉아 둘이 마실 치차를 따르고 있었다.

디에고는 불평을 멈췄다. 쓰레기 자루를 들고서 남자들이 여기저기 내버린 치차 박스와 바나나 껍질을 집어 올렸다.

캠프에는 왔다 갔다 하는 남자들이 얼마간 머무르면서 잠을 자는 텐트들이 있었다. 화학 약품과 보급품 등이 있는 텐트도 있었다. 접이식 테이블과 의자들이 놓인 곳은 부엌과 식당이었다. 알루미늄 포일에 싸인 작은 벽돌 모양의 반죽들은 테이블 한가운데 가지런히 쌓여 있었다.

디에고는 야자 잎으로 테이블 주위를 조심스럽게 쓸었다. 캠프에서 가장 귀한 물건인 반죽을 숨겨 두지 않고 내놓는 이유가 이해되지 않았다. 그러다 문득 깨달았다. 남자들은 서로를 믿지 않는 것이었다. 그래서 아무도 훔칠 수 없게 코카 반죽을 항상 모두가 보이는 곳에 두는 것이다.

디에고는 이런 소소한 사실들을 머리 한쪽에 담아 두었다. 감옥에서는 교도관들에 대해 더 많이 알아 둘수록 편했다. 어느 교도관이 어느 교도관에게 화가 났는지, 어느 교도관이 소장에게 화가 났는지, 어느 교도관이 고향을 그리워하는지, 어느 교도관이 가장 성질이 나쁜지……. 이런 것들은 디에고에게 누구를 피하고 누구에게 아첨해야 하는지를 알려 주었다.

디에고는 눈을 크게 뜨고 있기로 결심했다. 이제 무엇을 알게 될지 궁금했다. 이마에서 땀방울이 떨어져 눈이 따끔거렸다. 소매로 땀을 닦았지만 잠깐밖에 도움이 되지 않았다. 팔로 땀을 닦을 때마다 소금기 때문에 벌레에 물린 자국이 따끔거렸다.

팔뚝이 부은 것 같았다. 디에고는 소매를 걷고 팔뚝을 들여다보다가 비명을 질렀다. 뭔가가 팔뚝 안에서 움직이고 있었다. 공포스러웠다.

"꺼져! 꺼져!"

디에고는 그것이 뭔지도 모르고 소리를 질렀다.

맥주를 마시던 남자들이 고개를 들어 디에고를 보고는 웃음을 터뜨렸다. 만도가 디에고에게 뛰어왔지만 어찌할 바를 몰랐다.

"내 팔에 뭐가 있어!"

"걱정 마, 영리한 소년. 그놈은 네 팔을 타고 기어 올라가서 네 작은 뇌를 씹어 먹은 다음 눈동자로 기어 나올 거야."

록이 낄낄거렸다.

"많이 아프지는 않을 거야."

파올로도 웃었다.

디에고는 살갗 아래에 살아 있는 뭔가를 털어 내기 위해 팔을 흔들었다. 테이블에 몸을 부딪치면서 코카 덩어리들이 흩어지자 남자들의 웃음소리는 더 커졌다.

그때 아주 크고 단단한 하얀 손이 디에고 팔을 붙잡고는 재빨리 칼로 작게 베어 냈다. 그러고는 디에고 팔에서 꿈틀대는 덩어리를 힘껏 눌러 짰다. 상처에서 피와 물과 벌레가 꿈틀대며 나왔다. 그 순간 디에고는 정신을 잃으면서 모든 것이 까매졌다.

몇 분 만에 깨어났을 때, 디에고는 테이블 다리에 기댄 채였고 거인 같은 대머리 미국인이 팔에 붕대를 감고 있었다.

"파리 같은 것에 물렸어."

미국인이 스페인어로 말했다. 미소는 친절하고 믿음직했다. 남자가 말하는 동안 콧수염이 움직였다.

"네 살갗 아래에 알을 낳았고 알이 부화했어. 결국에는 새로운 파리들이 네 살갗을 뚫고 나오겠지. 그보다는 지금 꺼내는 게 낫겠지?"

디에고가 고개를 끄덕였다. 지저분한 팔뚝에 감긴 붕대가 무척 깨끗해 보였다.

"고맙습니다."

"기억해라, 꼬마야. 이 정글에는 네가 먹을 것도, 너를 잡아먹을 것도 없어. 정글은 하나의 커다란 축제장일 뿐이지. 대신에 너는 테이블에 앉아 밥을 먹어야겠지."

남자는 디에고를 일으켜 세웠다.

"자, 저 반죽들을 주워. 돈을 정글 곳곳에 던져 놓을 수는 없지."

디에고는 미국인이 록과 다른 남자들에게 미련함과 무능함에 대해 훈계를 하는 동안 부지런히 반죽들을 쫓아다녔다. 반죽 하나는 미국인의 발 바로 옆에 있었다. 록은 으스대며 걸어 다니는 반면, 이 미국인 남자는 빈틈없고 자신감 있게 서 있었다. 디에고는 남자의 엉덩이에 매달린 권총집에서 라이플을 보았다. 디에고는 재빨리 반죽을 집어 테이블에 올려놓고는 빈 코카 자루 위에서 곤히 자고 있는 소년들 곁으로 갔다.

카피바라 사냥

디에고가 눈을 뜨자 미국인의 정글 부츠가 눈에 들어왔다. 밑창이 두꺼운 부츠였다. 남자는 라이플의 개머리판을 들여다보고 있었다.

"일어나라, 꼬마야. 저녁거리를 잡으러 가자. 이름이 뭐지?"

"디에고요."

"그래, 디에고. 난 스미스야. 이 멍청이들이 황산을 적게 주문해서 내일까지 반죽을 만들 수가 없어. 그러니까 오늘 밤에는 배 터지게 먹자. 팔은 어때?"

디에고 팔은 나아졌지만 스미스는 대답에는 별로 관심이 없어 보였다. 하던 이야기를 계속했다.

"저녁거리를 가지고 돌아오면 위생 수업을 좀 해야겠어. 우리가 정글에 있다고 동물은 아니잖아? 서둘러, 꼬마야. 신의 창조물이 곧 죽을 시간이야."

디에고는 주위를 둘러보며 만도를 찾았다. 라이플을 든 커다란 남자를 혼자 따라가고 싶지 않았다. 하지만 만도는 록에게 담뱃불을 붙여 주느라 디에고를 쳐다보지 않았다.

"가요."

디에고가 결심한 듯 말했다.

놀랍게도 사냥은 재미있었다. 둘은 낯선 오솔길을 따라 들어가다가 길에서 벗어났다. 아빠가 코카를 어떻게 말리고 콩과 토마토를 어떻게 심는지 알려 주던 것처럼 스미스는 나지막한 목소리로 이것저것 알려 주었다.

"기절하거나 무서워하는 것은 부끄러운 일이 아냐. 우리 몸은 쉬기 위해 기절을 하지. 그리고 자기는 절대 무서운 게 없다고 하는 사람은 거짓말쟁이야. 친구를 겁주려고 그런 말을 하는 거지. 두려움을 사랑하는 법을 배우렴. 두려움은 음식보다 중요해. 네 심장을 뛰게 하고 널 살아 있다고 느끼게 하지! 난 거의 40년이나 두려워해 왔어. 넌 더 나은 삶을 살고 있는 누군가를 찾아야 해."

나무들 사이로 나서자 스미스가 팔을 뻗어 디에고를 세웠다. 그러고는 웅덩이 가장자리를 가리켰다. 카피바라(기니피그의 친척뻘인 거대한 설치류) 가족이 크고 둥근 갈색 몸을 숙이고 물을 마시고 있었다. 스미스가 라이플을 들더니 한 발을 쏘았다. 정글이 폭발하는 것 같았다. 카피바라들은 한 마리를 빼고는 모두 덤불로 쏜살같이 숨어들었고, 엄청나게 많은 새들이 꽥꽥 울면서 나무 위로 날아올랐다. 귀가 멍멍했지만 흥분되기도 했다.

"들리니, 디에고? 맨해튼에서는 이렇게 매력적인 소음을 들을 수가 없어. 서두르자!"

죽은 카피바라는 작은 웅덩이 반대쪽에 있었다. 스미스는 디에고에게 라이플을 건넸다.

"내 주위에 뭔가가 나타나면 무조건 쏴."

스미스가 웅덩이로 걸어 들어가면서 말했다. 디에고는 스미스처럼 라이플을 들어 올렸다. 상상했던 것보다 무거웠다. 자신이 불쑥 커진 기분이었다. 디에고는 스미스가 어깨에 카피바라를 얹고 웅덩이 밖으로 걸어 나오는 모습을 보았다.

"50킬로그램쯤 나가겠어. 다른 놈들은 이보다 두 배쯤은 더 나가 보였는데. 캠프로 돌아가자. 앞장서, 디에고. 네가 얼마나 뛰어난 사냥꾼인지 보자꾸나. 네가 우리의 캠프로 돌아가는 표시들을 찾아낼까?"

스미스가 말했다.

디에고가 돌아서서 앞장섰다. 처음에 정글은 거대한 초록의 혼란, 아무 규칙이 없는 혼돈처럼 보였다. 그러나 이내 진흙에서 발자국의 일부와 부러진 나뭇가지들을 찾아냈다. 디에고는 조금씩 스미스의 도움을 받아 가면서 캠프를 찾아갔다.

스미스는 장작과 쇠꼬챙이를 가져오고, 캠프 밖에 죽은 동물을 위한 구덩이를 파라고 큰 소리로 명령했다.

"여기 있는 동안 사용할 화장실도 몇 개 만들어. 사람과 짐승을 구분해 주는 것이 뭐지? 바로 화장실이야."

디에고와 소년들은 열심히 일했다. 남자들도 마지못해 일을 하기 시작했다.

"가서 씻어. 냄새나는 인간들과는 파티를 하지 않을 거야. 당신들 냄새 때문에 음식 맛을 망칠 거라고."

스미스는 남자들에게 물을 떠 오라고 해서 각자 옷을 빨게 했다. 덕분에 소년들도 옷을 빨 수 있었다. 비누도 사용할 수 있었다.

"더러운 것은 변명할 수도 없어. 필요하면 물 반 컵으로도 목욕을 할 수 있거든."

스미스는 카피바라 껍질을 벗기고 내장을 제거하고 고기를 자르면서도 끊임없이 충고와 명령을 늘어놓았다. 고기 굽는 냄새가 곧 캠프를 가득 채웠다.

모두 맘껏 먹고 치차를 나눠 마셨다. 카피바라 고기는 연하고 맛있었다.

"여기는 캄보디아 같아. 정글이 딱 그만큼 우거졌어. 하지만 거기가 훨씬 더 위험했지. 뱀뿐만 아니라 공산당들도 기어 다녔거든. 파티 같은 것도 없고 사방에 적들이었어. 잔가지가 부러질 때마다 죽음이 찾아왔지. 전염병 속에서 벌이는 파티, 처형 전에 먹는 마지막 식사, 전투 전에 피우는 마지막 담배. 그렇게 달콤한 것이 다시 있을까?"

스미스는 아주 잠깐 침묵에 빠졌다가 다시 말했다.

"내게는 이미 익숙한 그것들을 너희 소년들은 이제야 알아 가고 있지. 부러워. 그 신선함과 경이로움! 편안한 도시 생활을 등지는 것! 난 너희 소년들이 흥분하기를, 두 손으로 인생을 움켜잡기를 바라!"

스미스는 줄리오 등을 다정하게 쳤다. 앉아 있던 줄리오가 앞으로 고꾸라질 뻔했다. 하지만 스미스는 알아차리지 못했다.

"내겐 이것도 멋진걸? 라오스의 열대 우림에서 헤로인을 만들어 봐! 아프가니스탄 마약 왕의 개인 감옥에서 탈출하라고! 아, 내가 내 동포들을 취하게 하기 위해, 그들을 바보로 만들기 위해 했던 일들. 난 내 이름까지 포기했어. 럼펠스틸스킨 이야기를 알아?"

스미스는 대답할 기회를 주지 않고 이야기를 계속했다.

"짚을 자아서 황금을 만드는 못생긴 난쟁이지. 음, 난 여기서 그런 일을 하는 거야. 잡초를 황금으로! 잡초를 황금으로!"

"코카는 잡초가 아니에요."

디에고가 말했다. 이번에도 머리보다 입이 먼저 움직였다.

"코카는 파차마마, 그러니까 어머니 대지가 잉카족과 아이마라족에게 건강하고 강해지라고 내려 준 선물이에요."

"아, 이 지역의 신화와 전설이군. 난 그걸 존중해. 자, 너에게 그런 이야기를 하나 들려주지. 우리 주님이 직접 들려주신 거야. 한 남자에게 세 아들이 있었어. 남자는 아들들에게 선물을 주었지. 큰아들은 그 선물을 세 배로 불렸고, 둘째 아들은 두 배로 불렸고, 막내아들은 땅에 묻었지. 너희 민족은 수천 년 전에 코카를 선물 받았어. 하지만 그것으로 무엇을 했지? 코카 잎을 씹고 차로 마셨지. 스페인 사람들은 너희에게 코카 잎을 먹였고 너희는 포토시의 은광에서 월급 없이도 불만 없이 일했어. 이제 우리 미국인들이 그걸 제국으로, 그러니까 코카인 제국으로 바꾸었지. 잡초를 제국으로. 밀짚을 황금으로. 당연히 우리가 세상을 다스리지."

스미스는 코카인에서 니카라과의 무기 밀매로, 디에고가 들어본 적 없는 어느 곳에서의 살인으로 화제를 바꿔 가며 이야기를 계속했다. 디에고는 불 앞에서 빠져나와 스미스 눈에 띄지 않는 곳에 누웠다. 만도가 곁에 누웠다.

항상 혼잣말을 하는 감옥의 여자처럼 스미스의 낮게 웅웅거리는 목소리가 이어졌다. 둘은 스미스 목소리에 귀를 기울이며 가만히 있었다.

"미쳤어."

디에고가 속삭였다.

"맞아, 미쳤어. 하지만 부자잖아."

만도가 말했다.

디에고는 친구에게 등을 돌리고 잠을 청했다. 꿈속에서는 친절한 사람들이 나오기를 바랐다. 세상에 착한 사람들이 아직 있다는 것을 잊지 않도록.

디에고는 한밤중에 발목 주위에 이상한 느낌이 들어서 잠을 깼다. 뭔가가 간지럼을 태우고 야금야금 물어뜯는 느낌이었다. 얼결에 손으로 긁으려다가 깜짝 놀라서 일어났다.

박쥐들이 주위를 기어 다니고 있었다. 박쥐들은 소년들의 다리에서 배를 채우고 있었다.

디에고는 벌떡 일어서서 손을 휘저어 박쥐들을 쫓았다. 박쥐들의 날개가 허공을 메웠다. 디에고는 소년들 사이를 돌아다니면서 피를 닦고 천을 찾아 다리를 덮어 주었다.

"흡혈박쥐야."

부드러운 목소리가 들려왔다. 스미스는 잠을 자지 않고 어둠 속에 혼자 앉아 소년들이 자는 모습을, 박쥐들이 포식하는 모습을 바라보고 있었다.

"드라큘라 같지."

디에고는 다시 만도 옆에 누웠다. 만도는 자면서 훌쩍였다. 디에고는 자신과 친구를 밤의 괴물들로부터 지키기 위해 친구를 팔로 힘껏 감쌌다.

큰 실수

"어떻게 된 거예요?"

다음 날 아침, 디에고가 테이블에 쌓여 있는 반죽 너비를 턱으로 가리키며 물었다.

"신경 꺼라."

록이 으르렁거렸다.

"그러지 마. 디에고는 영리한 소년이야. 아마 사업에 대해 배우고 싶을 거야."

스미스가 말했다.

"아마도요."

디에고가 말했다.

"이 반죽들은 볼리비아 외곽의 실험실로 보내져서 정제된 다음 내 동포들이 그렇게도 콧구멍에 밀어 넣고 싶어 하는 하얀 가루가 될 거야. 그리고 우리들은 부자가 되고."

"그래서 나도 여기 있잖아요."

디에고가 말했다.

"마약은 부자가 되는 지름길이야. 마약으로 총을 사고, 총으로
사람을 사고, 사람을 사면 권력도 살 수 있지."

스미스가 말했다.

"무엇을 위한 권력이죠?"

디에고가 물었다.

"네가 원하는 무엇이든. 너는 무얼 원하니?"

"그 애는 엄마와 아빠를 감옥에서 **빼내고** 싶대요."

록이 비웃는 목소리로 말했지만 그것이 바로 디에고가 원하는
것이었다.

"권력이 있으면 너는 감옥을 살 수도 있어. 네 적들을 가두고 싶
지 않아? 권력이 있으면 대통령도 살 수 있어."

스미스가 말했다.

"볼리비아 대통령을요?"

디에고는 양복을 입은 대통령의 모습이 흐릿하게 떠올랐다.

'대통령을 사서 뭘 하지?'

"볼리비아 말고. 여기 농장의 노동자들은 똘똘 뭉쳐서 뭔가 마
음에 안 들 때마다 시위를 벌이고 나라를 멈춰 버리거든. 너무 가

난하고 겁이 많아서 무슨 일이 일어나는지 모르는 나라나, 너무 돈이 많거나 텔레비전에 빠져서 무슨 일이 일어나는지 관심도 없는 나라의 대통령을 사야지."

스미스가 시계를 보았다.

"보급품이 얼른 들어와야 하는데."

스미스는 남자 둘을 데리고 오솔길을 내려갔다.

아침 식사는 차가운 밥과 남은 고기였다. 디에고는 야자 잎에 음식을 조금 떠서 소년들 곁으로 갔다. 소년들은 땅바닥을 보고 있었다. 디에고도 땅을 내려다보았다.

개미 행렬이 지나가고 있었다. 개미 한 마리가 자기 몸의 다섯 배나 되는 잎을 나르고 있었다. 줄리오가 개미들 앞에 돌을 놓았다. 개미들은 잠깐 우왕좌왕하더니 곧 제 길을 찾아갔다.

소년들은 다시 음식을 먹기 시작했다. 스미스는 소년들에게 음식을 충분히 먹이고, 목마를 때마다 물을 마시게 하라고 명령했다.

"우리는 미국 사람의 손과 다리를 갖게 되었어."

로베르토가 말했다. 화학 약품은 소년들의 갈색 피부를 표백하여 색 바랜 희고 붉은 얼룩을 남겼다. 창백하고 주름진 피부 때문에 물집과 상처가 눈에 더 잘 띄었다.

"넌 록과 잘 붙어 있더라. 뭘 하는 거야?"

디에고가 만도에게 조용히 물었다.

"록은 모든 걸 가졌어. 돈과 권력. 그는 스미스에게만 명령을 받아. 하지만 언젠가는 그 미국인보다 더 부자가 되겠지. 록은 좋은 사람이야. 너도 잘 보여 봐."

만도가 말했다.

"좋은 사람이 아냐. 록은 못된 재소자 같고, 스미스는 교도관 같아."

디에고가 말했다.

"그들은 너와 나처럼 사업가들이야."

"우리는 그들과 달라!"

"음, 그래도 그들처럼 되어야 해! 너는 누구처럼 되고 싶은데? 쟤들? 아니면 감옥에 갇힌 우리 부모? 스미스와 록은 돈이 있어. 그들 곁에 있으면 우리도 돈을 만지게 될 거야."

만도가 자신 있게 말했다.

"난 아직 돈을 보지 못했어. 넌 우리가 이 일로 부자가 될 거라고 했어. 일도 반쯤 끝났어. 난 내가 얼마나 부자가 될지 궁금해."

디에고가 말했다.

본드 소년들도 둘의 대화를 듣고 있었다. 소년들도 돈에 대해 궁금했다.

"줄 때 되면 주겠지."

하지만 이번에는 만도 목소리가 자신 없게 들렸다.

"그게 언제인지 물어봐. 록은 좋은 사람이라며. 그러니까 물어봐."

"좋아, 알았어."

만도가 일어섰다. 디에고도 함께 갔다.

록은 남자들과 테이블에 앉아 치차를 마시고 있었다.

"실례합니다, 록. 내 친구들과 나는 우리의 임금에 대해 알고 싶어요."

만도가 평소 같은 목소리로 말했다.

"그래서 뭐?"

만도는 다음에 무슨 말을 해야 할지 모르는 것 같았다.

"음, 우리가 언제 얼마나 받을지 그리고 언제 코차밤바로 돌아갈지 알고 싶어요."

디에고가 대신 말했다.

록이 담배에 불을 붙였다.

"너는 우리에게 얼마를 받을지만 궁금하고 우리에게 얼마나 빚졌는지는 궁금하지 않구나."

디에고는 어리둥절했다.

"아무것도 빚지지 않았는데요?"

"열흘 동안 먹여 주고 재워 주고 코차밤바에서 여기까지 데려오고 너희가 피워 댄 코카 담배에……. 누군가 그 값을 내야지?"

디에고는 주위를 둘러보며 본드 소년들을 찾았다. 소년들이 거들어 주기를 바랐다. 아무 말도 하지 않더라도 힘이 되어 주기를 바랐다. 하지만 소년들은 자리에서 움직이지 않았다. 만도조차 한 걸음 물러났다.

"우리는 얼마나 받게 되죠?"

디에고가 다시 물었다.

"우리도 생각해 봐야겠는데? 너는 네 가치가 얼마나 된다고 생각하는데?"

다른 남자들이 끼어들었다.

"임금을 요구하는 감옥의 쓰레기라? 얼마 받기로 했니, 꼬마야?"

그 순간 디에고는 자신이 심각한 실수를 저지른 것을 깨달았다. 택시로 일할 때는 얼마나 돈을 받을지, 정확히 무슨 일을 할지 정하기 전에는 일을 맡지 않았다. 하지만 이번에는 그런 것들을 물어볼 생각도 못 하고 덥석 뛰어들었다.

"돈을 많이 준다고 했어요. 얼마가 되든지 지금까지 일한 대가를 받고 싶어요. 나머지는 일이 끝나면 주세요."

디에고가 말했다.

"내 생각대로 넌 내 돈을 노리고 있군, 영리한 소년."

록이 다가서며 디에고 머리에 라이플을 겨눴다. 디에고는 스미스와 남자들이 화학 약품 통을 잔뜩 들고 돌아오는 모습을 보았다.

"난 당신 돈을 노리지 않아요. 그냥 내 돈을 받고 싶을 뿐이에요. 내가 번 돈, 우리가 번 돈이오."

디에고가 침착한 목소리로 말했다.

"정글에서 그 돈을 어디에 쓸 건데?"

남자들이 웃었다.

"그냥 가지고 있으려고요. 우리는 소년들이잖아요. 부자인 척하고 싶어요."

'나는 당신들에게 위협적인 존재는 아냐. 하지만 당신들에게 굴복하지도 않을 거야.'

디에고는 마음속으로는 그렇게 말했다.

"부자인 척하고 싶대."

남자들이 다시 멍청한 웃음을 웃었다.

디에고는 미소를 지으며 소년들을 바라보았다. 그들도 자신처럼 미소 짓기를 바라면서.

"우리는 자전거와 멋진 옷을 사서 코차밤바를 거들먹거리며 돌아다니고 싶어요. 소녀들이 우리에게 반하도록요."

남자들이 다시 웃었다. 몇 명은 음흉하게 몸을 움직였다. 디에고는 못 본 척했다. 그리고 남자들의 웃음소리 너머로 상냥하고 공손하게 말했다.

"그래서 괜찮다면 지금 돈을 받고 싶어요."

디에고의 단호한 얼굴과 말투에 웃음소리가 멈췄다.

"지금은 돈이 없어. 코카 반죽을 팔면 돈을 주마."

스미스가 말했다.

디에고는 그 말에서 여러 문제들을 보았다.

'반죽이 팔릴 때까지 정글에 있으라고? 얼마나? 그동안 먹고 자는 비용을 내야 할까? 우리가 돈을 받지 않고 코차밤바로 돌아가면 남자들이 돈을 주러 감옥에 찾아올까?'

아니, 그건 아니었다. 자신은 사업가였다. 잠깐 동안 미쳤었지만, 이제는 정신을 차리고 거짓말에 넘어가지 않을 것이다.

"록에게는 돈이 있어요. 농부들에게 돈을 줬으니, 우리에게도 돈을 줄 수 있어요. 당신이 반죽을 팔아서 록에게 우리 돈을 갚으면 되잖아요."

디에고가 록을 머리로 가리키며 말했다. 총구가 더 가까워졌다.

"코카렐로들은 조직적이야. 그들은 조합이 있어. 그래서 돈을 줘야 해. 하지만 너희는 아무것도 없지. 너희는 아무것도 아냐. 너를 총으로 쏴서 정글에 던져 버리면 동틀 무렵 네 뼈는 깨끗이 뜯겨 있겠지. 네가 어디에 있는지 아무도 모르고 네가 사라져도 아무도 신경 쓰지 않아."

록이 말했다.

"그리고 당신은 훌륭한 일꾼을 잃겠죠. 그건 좋은 비즈니스가 아닐 거예요. 좋은 비즈니스는 모두가 이겨야죠."

디에고가 말했다. 디에고는 이제 두려움을 넘어섰다. 록은 얼마든지 자신의 협박을 행동으로 옮길 것이다. 그러면 모두 끝이었다. 디에고는 엄마에게 빈손으로 돌아가기보다는 정글에서 죽을 가능성이 훨씬 많았다.

"총 내려놔. 우리 사업은 소년들을 총으로 쏘는 게 아냐. 우리 사업은 코카인을 만드는 거야. 돈은 일이 끝나면 받을 거고 우리는 네게 돈을 줄 거야."

스미스가 말하고는 고개를 돌려 화학 약품들을 어디에 보관할지 지시했다.

디에고는 소년들에게 돌아갔다. 아직 살아 있었지만 주머니는 돈으로 불룩하지 않았다. 소년들은 오래된 코카 잎을 정글로 쓸어내며 디에고를 쳐다보지 않았다. 만도조차 디에고를 보지 않았다.

디에고는 돈을 받지는 못 했지만 해답은 얻었다. 자신이 원하는 해답은 아니었다. 그리고 가장 불행한 점은 모두 자신의 잘못이라는 것이었다. 그만 멍청한 짓은 멈춰야 했다.

다시 택시가 되어 위험을 경계하고, 기회를 엿보고, 상황을 뒤집을 방법을 찾아야 했다.

탐색

더 많이 지켜볼수록 더 많이 보였다.

스미스는 낮에는 코카 잎을 밟게 하고 구덩이를 다시 채우는 두어 시간은 쉬게 했다. 그 덕분에 디에고는 낮에 캠프에서 일어나는 일들을 지켜볼 수 있었다.

디에고는 남자들이 여러 오솔길로 왔다 갔다 하는 것을 알아차렸다. 디에고와 소년들이 올라왔던, 마을과 이어지는 오솔길이 아니었다. 남자들은 덜 지치고 땀도 덜 흘리고 옷도 깨끗했다. 길이 더 편하고 짧다는 의미였다.

모든 길은 어딘가로 이어졌다. 모든 오솔길도 어딘가로 이어질 것이다. 오솔길은 한 장소와 또 다른 장소를 이어 주는 끈이었다.

디에고는 시냇물에도 관심을 가졌다. 시냇물은 캠프에 필요한 물을 대 주고 코카 반죽을 만들면서 나온 화학 쓰레기를 실어 갔다. 시냇물은 오솔길처럼 한 장소에서 또 다른 장소로 흐른다. 그것은 또 다른 탈출구였다.

디에고는 알루미늄 포일에 단단히 싸여 테이블에 단정하게 쌓여 있는 코카 반죽을 눈여겨보았다. 반죽 더미는 매일 늘어 갔다.

디에고 머릿속에서 무모하고 엉뚱한 생각이 커지기 시작했다. 털어 내려고 할수록 생각은 더 단단해졌다.

"저들은 돈을 주지 않을 거야."

디에고가 만도에게 속삭였다. 둘은 장작을 주우러 관목 숲에 들어와 있었다. 둘이 남몰래 대화를 나누기는 어려운 일이었다.

"줄 거야."

만도가 자신 없게 말했다.

"돈을 안 주면 누구한테 따지지? 아무도 없어. 우리가 받아 내는 수밖에 없어. 빈손으로 코차밤바에 돌아갈 수는 없잖아."

"난 돌아가지 않을 거야."

만도가 말했다.

디에고는 놀랐다.

"돌아가야지. 아빠가 걱정하실 거야."

"아빠는 감옥에 있어! 난 감옥에서 살기 싫어. 난 록이랑 지내면서 코카 반죽을 실험실로 운반하는 일을 도울 거야."

"록이 부탁했어?"

"아니. 하지만 시켜 줄 거야."

이번에도 목소리에는 자신이 없었다.

"우리는 항상 함께 다녔어."

디에고가 말했다.

"그러면 좋은 생각이 있어?"

"반죽을 훔치자."

디에고가 말했다.

만도가 들고 있던 나뭇가지를 떨어뜨렸다. 하마터면 소리를 지를 뻔했지만 다행히도 잘 참았다.

"총 맞고 싶어?"

"우리는 영리하잖아. 전부가 아니라 한두 개만 가져가자. 우리도 저걸 팔 수 있겠지."

"난 널 일러바쳐야 해. 록에게 네 계획을 말해 줘야 한다고."

"난 돈 없이 감옥으로 돌아가지 않을 거야."

"난 감옥에 돌아가지 않을 거야."

"우리 숙녀 분들은 수풀에서 무얼 하시나? 멋진 곳이라도 찾으셨나?"

록이 캠프에서 소리를 질렀다.

"나무를 줍고 있어요!"

디에고가 소리쳤다. 그리고 서둘러 만도에게 속삭였다.

"여기 얼마나 있어야 할지 몰라. 일단 코카 잎을 모두 밟고 나면 남자들은 떠날 거고 우리는 그들을 다시는 못 만나. 어쩌면 우리 돈도. 잘 생각해 봐."

"내 곁에 오지 마. 반죽 옆에도 가지 말고. 난 내가 있을 곳을 찾았어. 난 남자들과 미래를 함께하기로 했어. 제발 망치지 마."

만도가 부탁했다.

둘은 캠프로 돌아가 남자들의 한심한 농담을 참고 들었다. 디에고는 학교가 그리웠다. 적어도 그곳에는 바보들의 입을 다물게 할 누군가가 있었다.

여러 날이 지나갔다. 화학 약품 때문에 발이 상처투성이가 되어 코카 잎을 밟는 일도 점점 힘들어졌다. 마약이 들어간 담배로 고통을 달래기 전에는 화학 약품이 물집에 닿으면 절로 비명이 터져 나왔다.

스미스는 캠프에 들르면 일을 제대로 못 한다면서 록과 남자들을 야단쳤다.

"다른 캠프의 구덩이들은 두 배나 많은 반죽을 만들어! 잘리기 싫으면 똑바로 해."

록은 똑바로 한답시고 소년들에게 더 크게 소리를 질렀다.

디에고는 계속해서 남자들을 도왔다. 본드 소년들은 담배를 피우고 코카 잎을 밟고 잠을 자는 것 외에는 어떤 일도 하지 못했다.

밤에 남자들은 본드 소년들의 손이 닿지 않는 곳에 코카 담배를 올려 두고는 소년들이 달라고 애원하면 마구 조롱했다. 어느 날 밤, 디에고는 본드 소년들의 편을 들었고 남자들은 그런 디에고에게 담배 없이 코카 잎을 밟게 했다. 그날 밤은 길고 힘들었다. 발의 통증은 가시지 않았다.

그래도 다음 날 디에고는 다시 잡일들을 찾아서 했다. 디에고는 감옥에서 삶을 포기한 남자와 여자들을 보았다. 그들은 더 나은 삶을 위해 몸을 씻거나 일을 하거나 뭔가를 하는 것을 멈춰 버렸다. 죽음이 그들의 눈을, 결국에는 얼굴과 몸을 차지해 버렸다.

디에고는 자신이 미워하는 남자들을 위해 열심히 일했다. 화학 약품이 버려지는 시냇물 상류에서 남자들의 옷을 빨아 햇볕에 널었다. 주전자에 물을 채우고 바닥을 쓸었다.

"넌 아주 좋은 아내가 되겠다."

남자들이 농담을 했다. 디에고는 웃음으로 견뎌 냈다. 그리고 스미스의 명령으로 코카 반죽을 지키는 남자가 뜨거운 한낮에는 깨어 있는 것을 힘들어 한다는 것을 알아차렸다.

디에고는 자신이 하는 모든 일들 덕분에 조금씩 더 배웠고, 더 배운 모든 것들 덕분에 조금 더 강해졌다.

조금씩 코카 잎 자루가 줄어들었다. 일은 더 힘들어졌다. 코카 담배는 처음에 그랬던 것처럼 모든 고통을 없애 주지 못했다. 디에고는 자신을 걱정할 가족을 생각하지 않으려고 했지만 그것 역시 점점 어려워졌다. 지금쯤이면 엄마도 디에고가 아빠 곁에 없다는 것을 알았을 것이다. 엄마는 온갖 끔찍한 일들을 상상하고 있을 것이다.

스미스가 머리가 아프다며 음악을 끄게 했다. 잠시 동안 즐거운 식사와 휴가를 묘사하듯이 정글의 폭력적인 전투 이야기를 맛깔스럽게 들려주었다.

"정글에서 살아남기는 쉽지. 죽일 것도 많고 먹을 것도 많고. 너희는 아직 어린데도 이렇게 거칠게 살다니 아주 운이 좋아. 학교도 없고, 치과 의사도 없고, 채소를 안 먹는다고 잔소리할 부모도 없잖아. 여기서 너희는 아기가 아니라 남자 대접을 받지."

디에고는 스미스의 말을 반은 알아들을 수 없었다. 하지만 남자들이 칼로 사람들을 찌르고 대나무로 뾰족한 덫을 만드는 이야기를 더 이상 늘어놓지 않아 기뻤다. 코카 잎을 밟는 동안 지루함을 달래 줄 것이 전혀 없었지만. 일이 끝나 갈수록 남자들은 더 불안해하는 것 같았다. 한심한 농담은 줄고 멍청한 말다툼이 늘었다.

"모두 입 다물고 잘 들어!"

일을 시작하고 3주일 반이 지난 어느 날 밤, 스미스가 고함을 쳤다.

박자에 맞게 탈탈거리는 헬리콥터 소리가 가까워지고 있었다.

"불 꺼!"

랜턴이 꺼지고 조리용 불에도 물이 뿌려졌다. 본드 소년들은 갑작스러운 어둠 속에서 서로 부딪혔다. 디에고는 누군가가 미끄러지는 것을 느꼈다.

헬리콥터 소리가 더 커졌다. 머리 위로 가지가 넓고 잎이 무성한 나무들이 늘어서 있었지만 디에고는 자신과 같은 일을 하는 사람들을 찾으려는 환한 불빛을 볼 수 있었다.

헬리콥터가 지나가자 누군가 혐오스럽다는 듯이 침을 뱉었다. 록이었다.

"점잖게 먹고살겠다는데 훼방을 놓다니."

"당신도 마찬가지예요. 당신도 우리에게 돈을 주지 않잖아요."

디에고가 말했다.

"대신 총알로 갚아 줄 수도 있어."

록이 으르렁거렸다. 그러자 스미스가 말했다.

"좋아, 좋아. 랜턴을 켜고 일을 시작해. 원래 코카인은 합법적이었어. 코카콜라에도 들어가고, 와인에도 들어갔지. 그런데 이제는 짐승처럼 정글에 숨어서 만들어야 하다니. 얼른 불이나 켜."

모두의 눈앞에 펼쳐진 광경은 그리 좋지 못했다.

만도가 미끄러지면서 구덩이의 비닐 벽을 망가뜨려 놓았다. 그러면서 몇 갤런의 용액이 흘러 나갔다.

"어서 일어서!"

록이 으르렁거리며 만도에게 달려가더니 발로 걷어찼다.

"발목이······."

디에고는 만도를 구덩이 밖으로 끌어냈다. 록이 소리를 지르면서 따라오더니 라이플의 개머리판으로 둘을 때렸다. 이번에는 스미스도 말리지 않았다.

"그만 치워. 이 꼬마들은 네 책임이잖아. 손해는 네가 메워."

록이 지치자 스미스가 말했다.

구덩이가 다시 고쳐졌다. 소년들은 발에 묻은 흙을 씻어 낸 다음, 화학 약품과 코카 잎이 가득한 구덩이로 들어갔다. 발목을 다친 만도는 디에고에게 기대어 코카 잎을 밟았다.

록과 만도는 더 이상 다정하게 대화를 나누지도, 함께 치차를 마시지도 않았다. 록은 만도에게 라이플 청소법을 가르쳐 주지도 않았다. 록은 만도를 완전히 무시했다.

록이 어떤 사람이든, 디에고는 만도가 운이 나빴다고 생각했다.

비밀 계획

이틀 뒤, 록이 말했다.

"장작이 더 있어야겠어. 영리한 소년, 좀 구해 와."

"같이 가. 둘이 가면 두 배로 가져올 수 있어."

만도가 말했다.

록은 둘에게 숲으로 가라고 손짓했다.

캠프는 조용했다. 스미스는 다른 코카 구덩이를 살피러 갔다. 몇몇 남자들은 보급품을 가지러 갔다. 다른 남자들은 대부분 텐트에서 자고 있었다. 본드 소년들은 텐트 밖으로 밀려나 흙 위에서 자고 있었다.

"이제 우리 둘이야."

만도가 속삭였다.

두 소년은 덤불을 조심스럽게 헤치고 나아갔다.

"무슨 계획이 있어?"

만도가 작은 목소리로 물었다.

"남자들이 도둑질 당한 걸 모르는 편이 좋아."

디에고가 계획을 털어놓았다. 알루미늄 포일에 흙을 싸서 가짜 코카 반죽을 만든 다음 반죽 더미에 끼워 넣고 진짜를 빼내는 것이었다.

"다른 애들은 어떡해? 그 애들도 끼워 줘야 하잖아."

디에고는 그렇게 생각하지 않았다.

"비밀을 아는 사람이 많으면 들킬 위험도 커져. 게다가 그 애들은 계획을 실천할 수도 없을 거야."

디에고는 나뭇가지를 주워 올리며 말했다. 강아지만큼 털이 많고 접시만큼 커다란 거미가 디에고를 올려다보고 있었다. 거미는 마치 "나무를 내려놓으시지!"라고 말하듯 앞발을 흔들었다.

만도가 웃으면서 거미를 집어 들었다. 거미 다리가 허공에서 대롱거렸다.

"타란툴라야. 너를 다치게 못해. 음, 다치게 할지도 모르지만 어쨌든 죽게는 못해. 코차밤바에서 어떤 남자가 보여 줬어. 그에게 작은 거미 서커스단이 있었거든. 거미한테 그네를 타게 하고 작은 미끄럼틀을 내려오게 했어."

만도가 디에고에게 거미를 내밀었다.

"만져 봐."

디에고는 천천히 손가락을 내밀어 거미 등의 털을 쓰다듬었다.

"개를 만지는 게 낫겠어."

"그 남자가 작은 거미를 조심하라고 했어. 작은 거미는 사람을 죽일 수도 있대."

만도는 타란툴라를 땅에 놓아주려고 했다. 그 순간 디에고에게 좋은 생각이 떠올랐다.

"녀석을 가지고 있자. 쓸모 있을 거야. 여기 올려."

디에고가 주머니에서 손수건을 꺼내 펼쳤다. 만도가 거미를 손수건 위에 올리자 디에고가 얼른 묶었다.

디에고는 그 거대한 거미에게 독이 없다는 만도의 말을 믿었다. 하지만 녀석이 몸 위를 기어 다니는 것은 싫었고 녀석 때문에 놀라고 싶지도 않았다. 캠프의 남자들도 마찬가지일 거라고 생각했다.

둘은 캠프 가장자리에서 멈췄다. 디에고는 막대기로 잎들을 조금 쓸어 냈다.

"필요할 때까지 우리 친구는 여기에 두자. 어디 있는지 표시를 하고."

만도가 먼저 들고 온 나뭇단을 내려놓으려고 캠프로 향했다. 디에고는 잎들 속에 원을 만들고 가운데다 손수건을 내려놓고 잎들을 올렸다. 그 위에 막대를 피라미드처럼 쌓았다. 거미가 무사하기를 바랐다.

"뭘 숨기지, 영리한 소년?"

디에고가 나뭇단을 들고 몸을 펴는 순간 록의 총구가 바로 눈앞에 들어왔다.

"뭘 숨겼다는 거예요?"

디에고는 쿵쿵거리는 심장 소리를 숨길 수 있기를 바라며 나뭇짐을 옮겨 들었다. 록은 디에고 팔에서 나뭇단을 떨어뜨렸다.

"널 지켜봤어, 영리한 소년. 너는 항상 우리를 감시하고 작은 일도 찾아서 했지. 모든 사람들이 너를 쓸모 있다고 생각하도록 말이야. 자, 이제야 덜미를 잡혔군."

록이 디에고의 피라미드를 걷어찼다. 록은 디에고에게 총을 겨눈 채 무릎을 꿇고 잎들을 쓸어 손수건을 찾아냈다.

"아무것도 안 숨겼어? 응? 이건 뭐지?"

"개인적인 거예요."

디에고가 무심한 목소리로 말했다.

"네가 도둑질을 한다고 생각했는데 드디어 증거를 잡았군. 이 정글이 네 마음에 들었으면 좋겠다, 영리한 소년. 네 뼈는 평생을 여기에서 보낼 테니까."

록이 손수건을 들고는 디에고에게 앞장서라고 고갯짓을 했다.

록과 캠프로 들어서던 디에고는 얼핏 만도를 보았다. 만도는 즉시 무슨 일인지 깨닫고는 코카 반죽이 쌓여 있는 접이식 테이블로 태연하게 다가갔다.

"뭐야?"

한 남자가 얼굴을 찡그리며 물었다.

"얘가 도둑질하는 걸 잡았어. 이걸 덤불에 숨기더군. 아마 캠프 전체에 숨겨 뒀겠지."

남자들이 록 주위로 모여들었다.

"도둑질을 했어, 꼬마야?"

"지금 죽일 거야? 아니면 스미스를 기다릴 거야?"

디에고는 만도가 테이블에서 코카 반죽 한 덩이를 슬쩍해서 순식간에 셔츠 아래에 밀어 넣는 것을 보았다.

동시에 록이 손수건을 풀었다. 손수건에 갇혀 이리저리 부딪히는 바람에 잔뜩 화난 타란툴라가 튀어 오르더니 록의 얼굴에 붙었다.

록이 날카롭게 비명을 질렀다. 그 순간, 디에고가 도망치려 했지만 곧 다른 남자에게 잡혔다. 만도는 장작과 코카 반죽을 남자들의 머리에 던졌다. 남자들이 디에고를 놓고 머리를 감싸자, 만도가 뛰기 시작했다.

"달려!"

만도가 소리쳤다. 디에고도 만도를 쫓아 덤불로 뛰어들더니 전속력으로 달렸다.

"바로 뒤에 따라가고 있어. 계속 가!"

디에고가 소리쳤다.

갑자기 정글이 끝났다. 땅은 협곡으로 꺼졌다. 두 소년과 저 아래 강 사이에는 로프와 좁은 널빤지로 엮은 다리뿐이었다. 널빤지는 몇 개 빠져 있었다.

"내가 또 살려 줬다, 거물."

만도가 다리로 뛰어오르면서 소리쳤다. 만도가 한 걸음 내디딜 때마다 다리가 미친 듯이 흔들렸다.

"조심해!"

디에고가 소리쳤다.

그때, 만도가 돌아서더니 로프 난간을 놓았다. 어쩌면 으스대기 위해서, 어쩌면 걱정 말라는 손짓을 하기 위해서. 디에고는 무엇을 위해서인지 결코 알지 못했다.

길고 끔찍한 순간이었다. 디에고는 가브리엘 천사가 하늘에서 내려와 데려가 주기를 기다리는 것처럼 만도의 몸이 허공에서 맴도는 것을 보았다. 하지만 천사는 이번에도 자고 있는지, 만도는 아래로, 아래로 떨어졌다.

"만도!"

디에고는 흙과 돌멩이에 발이 미끄러지고 헛발질을 하면서 협곡 가장자리로 달려가 소리쳤다. 만도의 몸이 협곡 아래 바위에 부딪히는 것을 보았다. 금방이라도 만도 곁에 갈 수 있을 것 같았다. 자신은 아무렇게나 되어도 상관없었다.

하지만 디에고는 강하고 넓적한 스미스의 손이 어깨를 붙잡아 죽음으로부터 끌어낸 다음 캠프로 끌고 가는 것을 느꼈다.

짓밟힌 정글

만도의 아빠가 감옥 문에서 만도를 기다리는 모습이 떠올랐다.
만도는 디에고의 목숨을 구했지만 디에고는 그러지 못했다는 것
도 떠올랐다. 디에고는 몸을 떨면서 울었다. 누군가 디에고 어깨
에 담요를 둘러 주었고, 디에고는 몸을 둥글게 말고 고통스러워하
면서 흙이 자신을 뒤덮어 어둠이 내리기를 바랐다.

"코카 반죽이 없어졌어."

록이 말했다.

"물론 그렇겠지. 아니면 왜 도망쳤겠어?"

스미스가 말했다.

디에고가 일으켜 세워졌다. 록이 팔을 들어 때리려고 했지만 디
에고가 더 빨랐다. 록의 배를 머리로 들이받았고 록은 바람 빠지
는 소리를 내면서 땅으로 쓰러졌다. 록이 분노로 일그러진 얼굴로

벌떡 일어나더니 거세게 디에고에게 다가갔다. 하지만 스미스가 둘 사이에 끼어들었다.

"이미 소년이 한 명 죽었어. 시체는 사업에 방해가 돼. 그만 캠프를 철수해."

"그 녀석은 도둑질을 했어."

록이 말했다.

"그건 신경 쓰지 마."

디에고는 스미스의 손가락들이 어깨로 파고드는 것을 느꼈다.

"이제 애는 우리 거야. 애가 빚을 갚을 거야. 그만 짐을 싸."

록은 콧방귀를 꼈지만 스미스를 거스를 수는 없었다. 스미스는 몸을 구부려 디에고를 바라보았다. 둘은 얼굴을 마주 보았다.

"넌 내 것을 가져갔어."

디에고는 눈 하나 깜박이지 않았다. 자신은 이 남자에게 아무 빚이 없었다.

"아직 이 캠프에 있을까? 아니면 네 친구와 함께 강을 떠내려가고 있을까?"

디에고 눈에서 다시 눈물이 솟았다.

"내 생각이 맞았어."

스미스는 디에고 머리를 헝클고 팔을 잡더니 캠프 주위를 돌아다니며 명령을 내렸다. 스미스는 디에고 팔을 놓아주지 않았다.

텐트가 뜯기고 코카 반죽들이 서류 가방에 담기고 값나가는 것은 무엇이든 오솔길 입구에 쌓였다. 그동안 줄리오, 도밍고, 로베르토는 빈터 가장자리에 웅크리고 있었다.

남자들은 얼마 안 돼 캠프를 정리했다. 빈터는 찢긴 방수포, 플라스틱 같은 쓰레기들로 엉망이 되었다. 열대 우림이 아니라 쓰레기 숲이었다. 한 줌의 정글이 짓밟힌 것 같았다.

"그 애들을 돌봐 줄 건가?"

스미스가 본드 소년들을 턱으로 가리켰다.

"언제나 그랬듯이요."

"쟤들을 죽이지 마요!"

디에고가 스미스 손아귀에서 빠져나오기 위해 몸을 비틀었지만 소용이 없었다.

"도망가!"

디에고가 소리쳤지만 본드 소년들은 너무 겁에 질리고 혼란스러워서 움직이지 못하고 있었다.

"진정해, 디에고. 녀석들을 죽이지 않을 거야. 내 말을 믿어."

스미스의 말은 디에고에게 아무 의미가 없었다. 스미스가 다시 몸을 구부리고 디에고에게 말했다.

"말했듯이 난 소년들을 죽이는 사업을 하지 않아. 저 애들은 본드를 몇 통 살 수 있는 돈을 받고 코차밤바에 돌려보내질 거야. 그리고 곧 쓰레기장에서 다시 잠을 자겠지. 아마 이 일을 기억조차 못 할 거고 기억한다고 해도 아무도 믿지 않겠지. 우리는 쟤들을 죽일 필요가 없어."

"나도 돌아가게 해 줘요. 나도 쟤들과 코차밤바에 돌아가고 싶어요. 아무것도 기억하지 않을게요! 아무도 당신에 대해 모를 거예요."

디에고가 애원했다. 그리고 아무 소용없다는 것을 알면서도 계속 몸을 꼼지락거렸다.

"코차밤바는 너무 따분한 도시야. 우리는 너를 위해 훨씬 멋진 일을 생각해 뒀어. 너의 모험심은 어디로 간 거야?"

스미스가 말했다.

디에고는 입을 벌리고 비명을 지르기 시작했다. 그것 말고는 할 수 있는 게 없었다. 스미스의 커다란 손이 디에고 팔에서 입으로 옮겨 왔다.

"야생 동물들이 겁을 먹을 거야. 여기는 멸종 위기의 동물들이 많지. 그리고 내 머리가 지끈거릴 거고. 당장 소음을 멈추지 않으면 네 편도선을 찢어 버릴 거야."

스미스가 조용히 말했다.

디에고는 비명을 멈췄다. 아무 소용이 없었다. 록과 파올로가 본드 소년들을 오솔길에 세우는 모습을 고통스럽게 바라보았다.

줄리오가 뒤를 돌아보고 디에고에게 손을 흔들다가 록에게 거칠게 떠밀려 무성한 나무들 속으로 사라졌다.

디에고와 스미스 말고 두 남자가 남았다. 한 명이 서류 가방을 집어 들었다. 스미스는 한 손으로 디에고를 움켜잡고 다른 손으로 서류 가방을 넘겨받았다.

"가자."

스미스가 디에고를 끌고 앞장섰다. 남자들이 나머지 짐을 들고 따라왔다. 다른 오솔길로 20분쯤 내려가니 나무를 베어 낸 기다란 빈터로 이어졌다. 오후의 해가 기다란 풀을 비추었다. 스미스는 코카 반죽이 가득한 서류 가방을 두 발 사이에 내려놓고 담배에 불을 붙였다. 매미 울음소리에 공기가 진동했다. 디에고는 아주아주 피곤했다.

"난 어디로 가는 거죠?"

디에고는 대답을 기대하지 않고 물었다.

"어디로 가고 싶은데? 뉴욕? 샌프란시스코?"

스미스가 유쾌한 목소리로 대답했다.

디에고는 미국 영사관 앞에서 본 기다란 다리와 붐비는 도시가 담긴 포스터를 기억했다.

"코차밤바요."

스미스가 웃었다.

"나는 너와 더 오랫동안 함께 지내게 되어 기쁘다. 난 정말 네가 마음에 들어. 코카 잎을 밟는 애들은 너무 멍청하거나 약에 취해 있어서 말대답도 못 하거든. 네가 가슴에 새겨 둬야 할 중요한 교훈이 있어. 약을 만들어 팔아서 부자가 되는 것. 다른 사람들이 자기 뇌세포를 망가뜨리게 내버려 둬. 하지만 너는 약을 사용하지는 마라."

"좋은 충고네요, 두목."

한 남자가 말했다.

"돌아다니면서 강연해야겠는데? 안 그래, 디에고?"

스미스가 말했다.

"내가 마음에 든다면 나를 집에 보내 줘야죠."

"그럴 수는 없어, 아들아. 네가 감옥에 살면서 세상을 볼 기회를 놓친 걸 아쉬워할 생각을 하면 견딜 수가 없거든. 게다가 넌 훔친 걸 갚아야지. 우리는 너의 그 작은 가슴에 코카인을 감아서 미국으로 보낼 거야. 굶주린 코들이 코카인을 빨아들일 수 있게."

디에고는 멀리서 헬리콥터 소리를 들었다.

'순찰하는 군인들이다!'

디에고에게는 정말 좋은 기회였다. 디에고는 스미스가 헬리콥터 소리를 알아채지 못하게 계속해서 떠들었다. 군인들이 가까이 오면 들판으로 달려 나가 신호를 보낼 것이다.

"난 여권이 없어요. 비행기 요금도 비싸고요. 당신이 나를 미국으로 보내 봤자 돈을 얼마 벌지 못할 거예요. 하지만 난 코차밤바에서는 일을 꽤 잘하거든요. 택시로 일하고 숙제도 대신 해 줘요. 그렇게 일하면 돈을 갚을 수 있을 거예요."

디에고가 말했다.

헬리콥터가 점점 가까이 다가오고 있었다.

"내가 말했지, 똘똘한 아이라고. 자네들 조심해야겠어. 자네들 자리를 노릴 거야!"

스미스가 부하들에게 말했다.

그때 나무들 위로 헬리콥터가 나타났다. 디에고는 힘껏 스미스를 뿌리치고 팔을 흔들면서 달려갔다.

"여기요! 여기요! 도와주세요!"

손을 흔들었다. 스미스와 남자들이 바싹 쫓아오거나 총을 겨눴을 거라고 확신하고 뒤를 돌아보지 않았다. 디에고는 팔을 흔들면서 계속 달렸다.

헬리콥터가 착륙하면서 엄청난 바람이 일어 디에고 주위에 먼지와 파편들이 휘몰아쳤다. 디에고가 헬리콥터 앞에 도착한 순간, 문이 열렸다.

"도와주세요! 저들은 마약 제조범들이에요! 저들이 나를 데려가려고 해요!"

엔진 소리보다 더 크게 소리를 질렀다.

"맞아, 디에고. 너를 데려갈 거야."

스미스가 바로 뒤에 서서 디에고 귀에 대고 속삭였다.

디에고는 조종사가 군복을 입지 않은 것을 알아차렸다. 스미스의 부하들이 헬리콥터 뒷문을 열고 캠프에서 가져온 물건들을 실었다. 그리고 헬리콥터에 올라탔다. 스미스가 디에고를 자기 옆으로 올렸다. 열린 문 밖으로 다리가 대롱거렸다. 디에고는 보이는 대로 붙잡았지만 헬리콥터가 요동치고 땅이 멀어지는 것을 보면서 겁에 질렸다.

"감옥보다 이게 낫지 않니? 내 곁에 있어, 꼬마야. 내가 세상을 보여 줄게. 돈과 권력. 넌 그 모두를 가질 수 있어. 난 네 정신이 마음에 들어."

스미스가 말했다.

디에고는 무서웠지만 발아래 펼쳐지는 광경에 매혹되었다. 짙고 깊고 끝없는 숲과 초록! 코차밤바의 붉은 흙산과는 너무 달랐다. 이곳은 볼리비아, 디에고의 나라, 디에고 조상들의 땅이었다. 파차마마는 볼리비아 사람들에게 코카를 주었듯이 이 땅도 주었다. 돌보고 아끼라고. 좋은 것은 모두 빼앗아 가는 이 미국인의 땅이 아니었다.

스미스의 커다란 손이 디에고 목덜미를 움켜잡았다.

"거대한 정글이지. 사람 한 명쯤은 통째로 삼킬 수도 있어."

디에고는 눈을 감고 죽을 준비를 하다가 다시 눈을 떴다. 죽어야 한다면 다가오는 죽음을 똑똑히 보고 싶었다.

"나는 신이야. 나를 잘 섬기면 축복을 내려 주지. 나를 저주하면 지옥에 떨어질 거야."

스미스는 여전히 디에고 목에 손을 올리고 있었지만 밖으로 밀지는 않았다.

헬리콥터는 키가 큰 나무와 계곡 위를 날아 끝없는 초록 숲으로 들어섰다. 웅장하고 오싹했다. 디에고는 너무 지치고 무서워서 웅장함과 오싹함을 구분할 수 없었다.

잠시 뒤, 헬리콥터는 건물이 몇 채 세워진 빈터에 내려앉았다.

프로펠러가 느려지면서 잠잠해지자 스미스가 물었다.

"좋았니? 언젠가 너도 헬리콥터를 갖게 될 거야. 아니면 비행기를 좋아할 수도 있겠구나."

남자들이 건물에서 나와 그들을 맞았다.

"최고의 심부름꾼을 데려왔어. 잘 해 줘."

스미스는 새로운 남자에게 디에고를 넘기고 코카 서류 가방을 꺼내기 위해 헬리콥터 쪽으로 돌아섰다.

지금, 디에고를 붙잡고 있는 사람은 아무도 없었다. 디에고는 재빨리 정글로 뛰어들었다.

적에게 주는 선물

총알이 디에고를 따라 덤불까지 날아왔다. 새들이 나무에서 날아오르며 날카롭게 울어 대자, 디에고도 앞으로 나아갔다. 디에고는 널린 통나무들을 넘고, 나무에 부딪히고, 가시덩굴에 긁히고, 보이지 않는 것들에 발이 걸려 넘어졌다.

마침내 디에고는 달리기를 멈추고 가쁜 숨을 달래면서 아직도 쫓아오는 사람이 있는지 귀를 기울였다. 새들과 원숭이들은 잠잠해졌다. 발소리도 들리지 않았다.

하지만 디에고는 다시 움직이기 시작했다. 똑바로 가고 있는지, 구덩이에서 빠져나가는 길인지, 구덩이로 들어가는 길인지도 모른 채 계속 나아갔다. 다리가 움직이지 않을 때까지 계속 달렸다. 커다란 통나무 위로 올라가려고 했지만 힘이 없었다. 디에고는 자리에 주저앉았다.

목이 너무 말랐다. 숲의 공기가 몸속의 모든 수분을 빨아 가는 것 같았다. 디에고는 통나무에 머리를 기댔다.

얼마 안 돼 디에고는 고통스러운 비명을 지르며 벌떡 일어섰다. 조용하려고 했지만 작은 칼 같은 것들이 온몸을 찔러 댔다. 조그만 불개미들이었다. 디에고는 미친 듯이 몸을 흔들고 팔짝팔짝 뛰고 찰싹찰싹 때리며 불개미들을 떼어 냈다. 나무에 쿵쿵 몸을 부딪혔다. 얼결에 덤불을 움켜잡았다가 얼른 손을 뺐다. 흐늘거리는, 아주 큰 뱀 꼬리를 잡았던 것이다. 마침내 불개미들이 떨어져 나가자 디에고는 울음을 터뜨렸다. 이제 더는 용감한 척하지 않기로 했다. 강한 척하는 것도 지쳤다. 디에고는 엄마가 모든 일을 해결해 주고 만도도 데려와 주기를 바랐다.

"디에고."

흐느낌이 디에고 목구멍에서 빠져나오지 못하고 그대로 굳어 버렸다. 고개를 들었지만 정글밖에 보이지 않았다.

"디에고, 울지 마. 아들아, 다 잘될 거야."

디에고는 벌떡 일어서서 재빨리 몸을 돌려 사방을 살펴보았다. 스미스는 없었다. 하지만 스미스였다.

"널 보면 내 어린 시절이 생각나. 나도 강인했지. 물론 내가 자란 위스콘신에 정글은 없었어. 숲은 있었지만. 난 거기서 아버지, 할아버지와 사냥을 했어. 지금은 쇼핑몰이 들어섰지."

디에고는 스미스가 무슨 말을 하는지 이해할 수 없었다. 디에고는 스미스 목소리와 멀어지기 위해 다시 움직였다. 가슴이 아프고 다리가 끊어질 것 같았지만 달리고 또 달렸다. 탈진한 디에고는 더 이상 달리지 못하고 걸음을 멈췄다.

"디에고."

다시 스미스의 목소리가 들렸다.

"어디로 가려고? 난 열여덟 살 때부터 정글에서 사람들을 사냥했어. 정글에는 너를 죽일 수 있는 것들이 많아. 발밑을 조심해라."

총성이 한 번 울렸다. 디에고는 펄쩍 뛰어올라 다시 달리기 시작했다.

"난 이런 일을 하기에는 너무 늙었어. 네가 여기서 죽게 내버려 두어야 하는데 내가 대충 끝내는 걸 좋아하지 않아서 말야. 어설픈 결말은 프로답지 못하거든."

스미스가 다시 라이플을 쏘았지만 디에고는 이미 총알이 닿지 않는 곳에 있었다. 디에고는 스미스가 어떻게 계속 쫓아오는지 몰랐다. 하지만 디에고가 한 걸음씩 옮길 때마다 총알이, 뱀이, 낯선 생물이 목숨을 위협했다.

두 사람이 덤불을 헤치고 쫓고 쫓기는 동안에도 스미스는 디에고에게 계속해서 이야기했다.

"넌 우리와 엄청난 미래를 나눌 수도 있어. 너를 국경 너머 캐나다까지 약을 나르는 운반책으로 만들어 주려고 했어. 토론토에 가 보고 싶지 않니? 아이스하키 경기는 어때?"

스미스가 소리쳤다.

디에고는 계속해서 움직였다. 포기한다면 자신에게 어떤 일이 벌어질지 아무도 몰랐다.

웅덩이에 줄지어 떨어진 작은 통나무들이 다리가 되어 주었다. 이끼가 뒤덮인 미끄러운 통나무를 하나씩 건너뛰었다. 그런데 가늘고 불안정한 통나무 하나가 디에고 무게에 깐닥였다. 디에고는 휘청했지만 다행히 통나무를 지나 반대편에 도착했다.

스미스의 목소리가 점점 가까워졌다. 디에고는 웅덩이가 내려다보이는 작은 언덕으로 재빨리 올라갔다. 하지만 더는 갈 수 없었다. 어느새 스미스가 나타났다. 디에고 눈에 공포의 눈물이 흘렀다.

"내 시력이 예전 같지 않을 줄 알았는데."

스미스는 시장에서 양파를 사듯이 평온한 목소리로 말했다.

"난 저격수로 오랜 세월을 보냈단다. 500미터 떨어진 곳에서도 호치민의 동지들 두 눈 사이에 총알을 박을 수 있었어. 하지만 노안은 겁쟁이들에게만 찾아오는 것이 아니더구나!"

스미스가 웃었다.

"요즘에는 나 대신 다른 사람에게 죽이게 하는데……. 내가 권력에 대해 말했지. 기억나니? 하지만 내가 그들보다 뛰어난 저격수야. 난 상처를 입히지 않고도 너를 죽일 수 있어. 난 네가 귀엽다, 디에고. 네게 고통을 주고 싶지도 않고. 깔끔한 죽음은 존경하는 적에게 주는 선물이지."

스미스가 천천히 움직였다. 웅덩이를 반쯤 건넜다.

"왜 나를 죽이려는 거예요? 어차피 여기서 죽을 건데요."

디에고가 물었다.

"그래, 하지만 천천히 고통스럽게 죽겠지. 난 괴물이 아냐, 디에고. 난 코카 구덩이에서 쓰이고 버려지는, 너 같은 소년들에게 아버지 같은 사람이 되고 싶어."

스미스가 라이플을 들어 올렸다. 디에고는 라이플의 조준경에 잡히지 않도록 몸을 이리저리 많이 움직였다. 그리고 막대, 돌, 흙 등 손에 잡히는 것은 무엇이든 거대한 미국인에게 집어 던졌다.

"가만있어! 다치고 싶어?"

스미스가 대머리에 돌을 맞고는 몸을 움찔했다. 머리에서 피가 흘렀다. 하지만 좀 더 정확히 라이플을 쏘기 위해 가까이 다가왔다. 둘 다 가늘고 기우뚱한 통나무 위에 올라섰을 때였다. 스미스가 균형을 잡지 못하고 비틀거렸다. 디에고는 균형을 잡으려 했지만 통나무가 발아래에서 굴렀다. 디에고 발이 잠깐 동안 미친 듯이 춤을 췄다.

스미스와 디에고는 물에 빠졌다. 스미스의 라이플은 멀지 않은 웅덩이 가장자리 모래톱에 떨어졌다.

물이 아주 깊지는 않았다. 스미스가 웅덩이 바닥을 딛고 머리를 물 밖으로 내밀었다.

"더운 날에 물에 들어가는 것과는 다르군."

스미스가 물을 헤치고 라이플을 향해 걸어가며 웃었다. 디에고는 발을 꼼지락거리며 빼냈다. 발이 자꾸만 빠지려고 했다.

스미스가 라이플이 닿을 만한 거리에 거의 다가섰다. 디에고와 아주 가까웠기 때문에 스미스는 빗맞히지 않을 것이다. 시간이 많지 않았다. 디에고는 쉬지 않고 발을 잡아당겼다.

마침내 스미스가 모래톱에 도착했다. 두 걸음만 더 걸으면 라이플을 잡을 것이다. 그다음엔……

"디에고!"

디에고가 고개를 들었다. 스미스는 무릎 위까지 젖은 모래에 빠져 있었다. 조금만 더 손을 뻗으면 라이플이 닿을 듯했다.

"나뭇가지나 덩굴을 좀 던져 줘. 네가 나를 도와주면 나도 너를 도와줄게. 좋은 거래지?"

스미스가 명령했다.

디에고는 대답하느라 시간을 낭비하지 않았다. 마지막으로 한 번 더 잡아당기자 발이 빠졌다. 스미스는 이제 거의 엉덩이까지 빠져 있었다.

'달려야 해.'

디에고는 생각했다. 하지만 달리지 않았다. 대신 웅덩이 둑으로 기어가 발로 모래톱을 눌러 보고는 그 안으로 들어섰다. 아슬아슬하게 스미스 옆을 지나 라이플을 집어 들었다. 스미스가 가벼운 바람이 일 정도로 팔을 흔들어 댔다.

"착한 소년. 네가 라이플의 한쪽을 잡고 내게 다른 쪽을 잡게 해줘. 너는 강하잖아. 나를 끌어낼 수 있을 거야."

스미스가 말했다.

하지만 디에고는 둑으로 재빨리 돌아갔다. 돌아서서 스미스에게 라이플을 겨눴다.

한 발이면 끝날 것이다. 악몽도 꾸지 않을 것이고 어둠 속에서 목소리도 들려오지 않을 것이다. 그리고 아무도 모를 것이다. 미국인의 죽음이 만도의 죽음을 대신한 복수라는 것을.

"자, 그건 옳지 않아, 디에고. 그건 존경하는 게 아니잖아. 나도 어느 정도 존경받아도 되잖아."

디에고는 스미스의 한심한 입에서 나오는 한심한 말에 귀를 닫았지만 심장은 계속 두근거렸다. 스미스를 죽이는 일은 쉬울 것이다. 어쩌면 옳은 일일지도 모른다. 하지만 디에고는 스미스를 죽일 수 없었다.

디에고는 라이플을 물로 힘껏 던졌다. 라이플이 물을 튀기며 가라앉았다. 디에고는 정글이라는 피신처로 다시 출발했다.

"내가 모래 늪 따위에서 죽을 것 같아? 내게 존경심을 보여!"

스미스가 뒤에서 고함을 쳤다.

디에고는 계속해서 달렸다.

너무 많은 일이 순식간에 벌어졌다. 디에고는 생각하지도 느끼지도 말아야 했다. 디에고 주위로 열대 우림이 우뚝 솟아 있었다.

디에고는 멈추지 않고 걷기만 했다. 해가 지고 사방이 어두워지면서 아무것도 보이지 않았다. 땅에 쓰러져 그대로 잠이 들었다. 밤동물이 나타나 잡아먹는다 해도 상관없었다.

내일

디에고는 꿈도 꾸지 않고 깊이 잠들었다. 동틀 무렵, 새들이 지저귀는 소리에 깨어났다. 몸은 뻣뻣하고 여기저기 벌레에 물려서 가렵고 갈증으로 입이 바싹 말랐지만, 그래도 살아 있었다.

머리 위로는 반짝이는 초록 잎들이 우산처럼 펼쳐져 있었다. 하늘에 닿을 듯 쑥쑥 올라간 나무들 사이에는 양치식물들이 초라하게 자리 잡고 있었다. 디에고는 그 양치식물보다도 작았다. 디에고는 그냥 제자리에 있어야 할지 떠나야 할지 고민했다. 그곳은 죽음을 기다리기에는 더없이 좋은 장소였다.

그때 머리 위의 나뭇가지들이 흔들리기 시작했다. 나뭇가지 사이를 튀어 오르는 원숭이 떼였다. 녀석들은 이빨을 드러내고 울부짖으며 디에고에게 나뭇가지, 잎사귀, 열매 따위를 집어 던졌다.

바나나가 멀지 않은 곳에 떨어졌다. 디에고는 바나나를 집었다.

아직 초록색이지만 껍질을 벗기고 입으로 밀어 넣었다. 먹을 만했다. 주위를 두리번거려 바나나 두 개를 더 찾아냈다. 하나는 이미 껍질이 벗겨져 있었다. 디에고는 흙을 닦아 낸 다음 바나나를 삼켰다.

잠을 푹 자서 머리는 맑고, 바나나를 먹어서 기운도 났다. 디에고는 아픈 등을 펴고는 다시 걷기 시작했다. 정글에는 먹을 것이 있었다. 그리고 물도 있었다.

정글에는 디에고를 죽일 수 있는 것들도 많고, 살릴 수 있는 것들도 많았다. 이미 사람들은 도시와 호텔과 감옥이 세워지기 오래전부터 아마존 정글에서 살지 않았던가.

"여기에 살 거야. 바나나를 먹고 카피바라도 사냥할 거야. 그리고 엄마, 아빠, 코리나가 감옥에서 나오면 함께 살 수 있도록 아름다운 집도 지을 거야."

디에고가 원숭이들에게 말했다.

빨간색과 오렌지색의 화려한 앵무새 떼가 곁을 날았다. 좋은 징조 같았다.

디에고는 스미스의 부하들이 자신을 쫓아올지 모른다고 생각하다가 아마 그러지 않을 거라고 결론을 내렸다. 그들에게는 이미 코카 반죽이 있었다. 게다가 그들은 정글을 찾아 헤맬 만큼 두목 스미스를 좋아하지도 않았다.

디에고는 걸으면서 자신이 지을 집을 생각했다. 기둥 위에 집을 지을 것이다. 마을의 집들보다 높게 올릴 것이다. 나무에 닿을 만큼 높이. 코리나의 날카로운 비명 소리가 뱀들을 쫓아 줄 것이다. 자기 방에는 코리나가 들어오지 못하게 문을 달 것이다. 아빠는 나무로 가구를 만들고 엄마는 덩굴로 담요를 짤 것이다.

나무들이 듬성듬성하다가 다시 빽빽해지더니 풀밭 가장자리에서 작은 물웅덩이가 나타났다. 커다란 수달 한 쌍이 서로의 주위를 빙빙 돌고 있었다. 디에고는 물을 마시러 웅덩이로 내려가다가 야생 돼지가 덤불에서 나오는 것을 보았다. 커다란 엄니가 주둥이 양옆으로 튀어나와 있었다. 디에고는 숲 언저리에 있다가 돼지가 눈치채지 못하게 천천히 움직였다. 조용히 풀밭을 가로지르기 시작했다.

뭉게뭉게 피어오르는 구름들 사이로 또 다른 풀밭이 나타났다. 풀밭을 지나는 동안 커다란 푸른색 나비, 조금 작은 빨간색과 노란색 나비, 연자주색 나비 떼가 날아올랐다. 디에고는 웃음을 터뜨렸다. 웃음소리가 더 많은 나비들을 불러낸 것 같았다. 나비들이 디에고 머리와 팔, 어깨에 내려앉았다가 날아갔다.

나비들이 다시 풀밭에 내려앉자 디에고는 주위를 둘러보았다. 조금 떨어진 숲 위로 언덕들이 솟아 있었다. 언덕에 올라가면 길이나 마을이 보일 것이다.

다시 나무들 사이로 들어서자 직선으로 걸어 나아가기가 힘들었다. 쐐기풀처럼 피해야 하는 것들이 너무 많았다. 통나무들도 너무 크고 미끄러워서 넘어가지 못하고 둘러 가야 했다. 디에고는 언덕 꼭대기로 제대로 가고 있는지 걱정스러웠다. 그러다 오르막이 시작되었다.

무성한 숲이 조금씩 옅어지고 나무들도 점점 줄어들었다. 여기저기 그루터기들이 있었다.

누군가 장작으로 베어 간 흔적이었다. 멀지 않은 곳에 사람들이 있는 게 분명했다. 디에고는 시원한 바람이 불어오는 쪽으로 걸어갔다.

높이 올라갈수록 숲이 멀어졌다. 몇 시간 뒤에 디에고는 기온이 달라진 것을 알아차렸다. 해가 하늘에 낮게 걸렸다. 밤이 오고 있었다. 땀이 식으면서 부르르 몸이 떨렸다.

주위에는 키 큰 나무들 대신 키 작은 관목들이 서 있었다. 디에고는 작은 초록 잎을 알아보았다. 몇 주 동안 발로 밟았던 코카 잎이었다.

디에고는 잎을 뜯어 입에 쑤셔 넣었다. 잎에서 나온 물기가 목구멍을 달래 주는 듯했다. 디에고는 잠깐 동안 안전하고 행복하고 느꼈다. 오늘은 코카나무 아래에서 밤을 보낼 것이다. 파차마마의 선물이 자신을 지켜 줄 것이라 믿었다.

"우리 잎이야."

디에고는 깜짝 놀라 뒤로 돌았다. 초록색 침이 입에서 튀어나와 얼굴과 셔츠로 흘러내렸다. 아주 오래된 라이플의 총구가 디에고의 갈비뼈를 찔렀다. 청바지 위까지 검은 머리를 땋아 내린 소녀가 라이플을 겨누고 있었다. 소녀는 디에고보다 작고 어려 보였다.

마음이 놓인 디에고는 소녀의 찡그린 얼굴을 무시하고 총을 스쳐 지나갔다. 소녀가 디에고 가슴을 라이플로 세게 찔렀다.

"우리 잎이야. 뱉어."

소녀가 다시 말했다.

디에고는 잎을 뱉었다. 그러자 얼굴과 셔츠가 더 엉망이 되었다.

"내 이름은 디에고야."

"도둑."

소녀가 대답했다.

"도둑? 내가 도둑이라면 형편없는 도둑이지."

디에고는 자신을 내려다보고 고개를 저으며 웃었다.

소녀는 찡그린 얼굴을 조금도 펴지 않고 디에고에게 앞장서서 걸으라고 고개를 까닥였다. 라이플이 가슴에서 등으로 움직였다. 디에고가 길을 잘못 들어설 때마다 소녀가 디에고 어깨를 쳐서 제 길로 들어서게 했다.

디에고는 도망칠 수도 있었지만 소녀가 자신을 죽이지 않을 것을 알았다. 소녀의 옷이 깨끗한 것을 보고는 주위에 물이 있고 어쩌면 음식도 있을 거라고 생각했다.

오래지 않아 디에고는 나무 타는 냄새와 가축 냄새를 맡았다. 아주아주 오랫동안 들어 보지 못한 소리도 들렸다. 아이들의 웃음소리였다.

관목들은 작은 빈터로 이어졌고, 빈터에는 돌과 나무로 지은 작은 오두막이 있었다. 디에고가 전에 살던 오두막처럼 생겼다. 굴뚝에서는 연기가 피어올랐다. 디에고는 나무들 뒤쪽에서도 몇 줄기 연기가 솟아오르는 것을 보았다.

남자와 여자가 아이 두 명과 공을 차고 있었다. 작은 개가 디에고와 소녀를 향해 짖으며 달려오더니 꼬리를 흔들었다. 남자와 여자가 고개를 들었다.

먼저 여자가 다가왔다. 여자는 케추아어로 빠르게 말했다. 소녀가 마지못해 라이플을 내리자, 여자가 디에고의 차가운 팔을 숄로 감싸 주었다. 어느새 디에고는 집 안의 불 옆에 앉아 코카 차가 담긴 머그잔을 들고 있었다.

시간을 거슬러 온 것 같았다. 집은 디에고가 살던 옛집보다 약간 컸다. 하지만 천장은 똑같이 낮고 불도 똑같이 아늑했다. 불 위에서 끓고 있는 토마토와 콩 스튜 냄새도 똑같았다. 어디선가 부모님과 코리나가 웃으며 나타날 것만 같았다.

"우리는 리카르도 가족이야. 넌 이름이 뭐지?"

여자아이의 아빠가 말했다.

"디에고 후아레즈요."

"도둑이에요. 총으로 쏴야 해요."

여자아이가 팔짱을 끼고 서서 말했다.

"총알이 없는데 어떻게 쏘니, 보니타. 그 낡은 라이플은 원래 있던 숲에 도로 갖다 놔. 그리고 저 애의 다리와 손을 좀 봐. 뭐가 보이니?"

엄마가 여자아이에게 말했다.

디에고는 더러운 손으로 더러운 다리를 가리려고 했다. 하지만 흙이 묻었어도 화학 약품에 탈색된 하얀 피부와 물집은 숨겨지지 않았다.

"저 애는 구덩이에서 온 거야. 길을 잃고 혼자 여기까지 올라왔다면 뭔가 나쁜 일이 벌어졌다는 거야. 맞지?"

리카르도 부인이 물었다.

디에고는 순간 얼굴이 굳는 것을 느꼈다. 라이플을 든 소녀 앞에서 울고 싶지 않았다. 하지만 눈물을 참으려니 얼굴이 아팠다. 디에고는 짧게 고개를 끄덕였다.

"비열한 사업은 비열한 사람들을 끌어들이지. 어디서 왔지?"

리카르도 씨가 물었다.

"코차밤바요."

디에고는 간신히 말했다.

"엄청난 부자로 만들어 주겠다는 약속을 믿고 도시를 떠나 여기까지 온 거구나."

"여보, 훈계는 관둬요. 우선 뭘 먹여야겠어요."

리카르도 부인이 디에고 손에 스튜 그릇을 쥐어 주었다.

"부모님은 어디 계시니?"

"산세바스티안에요."

"그 지역에서 온 많은 사람들이 그 선한 성인의 손님들이지. 그가 살아서 자신의 신성한 이름이 감옥에 붙여진 것을 안다면 어떤 기분일까?"

리카르도 부인이 가족들에게 음식을 나눠 주면서 말했다.

디에고는 스튜를 먹었다. 디에고 그릇에 들어 있는 스튜는 많지 않았다. 하지만 뜨거운 걸 먹으니 텅 빈속이 따뜻해지면서 기분이 좋아졌다. 오랜만에 정말 편안해지자 피로가 세차게 몰려왔다. 눈을 뜨고 있으려고 했지만 눈꺼풀이 너무 무거웠다.

리카르도 부인이 디에고의 빈 그릇을 가져가며 말했다.

"이야기는 내일 하자. 오늘 밤은 자야지."

디에고는 리카르도 씨가 강인한 팔로 자신을 부드럽게 들어 올려 푹신한 침대로 데려가는 것을 느꼈다. 담요가 디에고를 감쌌고, 디에고는 깊고 안전한 곳으로 빠져들었다.

오늘 밤, 디에고는 푹 잠을 잘 것이다. 그리고 떠오르는 아침 해와 함께 일어나서 무슨 일이든 기꺼이 맞이할 것이다.

볼리비아는 남아메리카에서 가장 가난한 나라이다. 서반구에서는 아이티 다음으로 가난하다. 육지에 둘러싸인 볼리비아는 안데스 산맥, 바위로 덮인 고원, 아마존 유역의 열대 우림 등 놀라운 지리적 다양성을 갖추었다.

몇 천 년 동안 티아후아나코와 잉카 같은 위대한 문명을 포함해서 여러 민족이 살았다. 1500년대에는 스페인 정복자들이 볼리비아는 물론 남아메리카의 나머지 지역에 자신들의 흔적을 남겼다.

1544년에 볼리비아 포토시에서 풍부한 은맥이 발견되었다. 스페인 군주와 귀족들을 200년 동안 부유하게 해 줄 만큼 많은 양이었다. 엄청나게 많은 아프리카 노예와 원주민들은 끔찍한 환경 속에서 은을 캐내야 했다. 많은 사람들이 죽었다. 은맥은 지금도 채굴되고 있으며, 많은 어린이들이 광부로 일하고 있다.

스페인 사람들은 코카 잎을 씹는 광부들이 더 오래 일하는 것을 발견했다. 코카는 고통과 배고픔을 없애 주었다. 스페인 사람들은 코카 잎을 널리 권했고, 심지어 임금을 코카 잎으로 주기도 했다. 반대로 유럽의 선교사들은 토착 전통과 문화 전쟁을 벌이면서 코카 잎 사용

을 비난했다.

요즘에도 많은 볼리비아 사람들이 코카 잎을 씹거나 차로 마신다. 코카는 고도가 높은 곳에서 살거나 일할 때에도 도움이 된다. 볼리비아 원주민들에게 코카는 종교 의식에 쓰이는 신성한 식물이다. 라파스의 미국 대사관에서도 코카 차를 즐겨 마신다.

1869년, 독일 과학자 알베르트 니만은 코카로 코카인을 만들었다. 코카인은 산업화된 세계에서 합법적인 흥분제이자 진통제로 금세 인기를 얻었다. 또한 코카인은 코카콜라에도 들어갔다.

미국 국회는 1914년에 코카인을 법적으로 규제하기로 했다. 하지만 코카인은 1960년대와 1970년대에 크게 인기를 얻었다. 처음에는 부자들이 재미 삼아 코카인을 사용했다. 나중에는 크랙 코카인이라는 더 값싼 약물이 나오면서 가난과 고통에서 탈출할 방법을 찾던 불행한 사람들에게 널리 사용되었다.

1968년에 미국 대통령 리처드 닉슨은 '마약과의 전쟁'을 선포했다. 그 때문에 수십 년 동안 코카를 재배하던 원주민들은 군사 공격을 받았고, 인권을 짓밟는 부패 정권은 계속해서 지원을 받았다. 하지만 미국에 들어오는 코카인의 양은 줄어들지 않았다.

볼리비아 정부가 코카 농사를 방해하자 농부들은 먹고살기가 막막해졌다. 그래서 단체를 조직했다. 그사이에 여러 차례 정부가 들어섰다 무너졌다.

마침내 2005년에 볼리비아 사람들은 에보 모랄레스를 대통령으로 선출했다. 볼리비아 최초의 원주민 출신이자 코카렐로들의 지도자였다. 코카렐로 운동은 코카 잎의 새로운 쓰임새를 찾아 코카 재배를 지속시키는 것을 목표로 하며, 코카의 신성함과 문화적인 중요성을 존중한다.